Bibliografische Information der Deutschen Nationalbibliothek:
Die Deutsche Nationalbibliothek verzeichnet diese Publikation
in der Deutschen Nationalbibliografie; detaillierte bibliografische
Daten sind im Internet über dnb.dnb.de abrufbar.

Herstellung und Verlag: BoD – Books on Demand, Norderstedt

ISBN 978-3-7481-6712-9

Der letzte Atemzug

Impressum:
Autor: Paulo der Erdpate
© Text, Fotos & Bilder:
Paulo Bad Tölz
Porträtbild: Foottoo.de

www.erdpate.de

Diese Geschichte ist nicht für Kinder geeignet.

Im Kampf um die Liebe und das Licht, um die
Herrschaft über die Erde, stehen die Dämonen, die
Verbündeten der Finsternis und des Verderbens, den
Lichtkämpfern des Fürsten Rana gegenüber. Ob der
Rote Reiter mit seinen Legionen den Menschen helfen
kann, ist ungewiss. Zunächst scheint es um einen
Kampf in althergebrachten Dimensionen zu gehen.
Schon bald aber wird klar, es geht um das Ganze, es
geht um den Kampf der Kämpfe. Hier wird nicht um
Land und Reichtümer gekämpft. Vielmehr entbrennt
ein mit äußerster Härte geführter Kampf um den
gesamten Erdball, um alles was war und jemals sein
wird. Es geht um unsere bestehende Weltordnung mit
all dem für Millionen damit verbundenes Leid, ein
Kampf gegen Unterdrückung und Ausbeutung,
Egozentrik und Rücksichtslosigkeit. Dieser Kampf
findet seit Jahrtausenden statt. Auch gerade jetzt in
unserer Zeit wird gekämpft.

Es ist der Kampf:
Gut gegen Böse,
Reinheit gegen Sittenlosigkeit,
Licht gegen Schatten,
Ehrlichkeit gegen Lüge,
Mord und Totschlag,
Großzügigkeit gegen Neid,
Mitgefühl gegen Hass,
Barmherzigkeit gegen Verächtlichkeit.

Fürst Rana führt seine Legionen mit 350.000 Kämpfern des Lichts in einen scheinbar aussichtslosen Kampf.

Das Todesurteil scheint kaum abwendbar bei der unvorstellbar großen, gewaltigen Übermacht der eine Millionen blutrünstigen Dämonenkrieger, ausgestattet mit Waffen von grausamster Zerstörungskraft.

Schon bald wird dieser Kampf entschieden, ist er doch bereits seit langer Zeit auch um uns herum überall im Gange. Bald muss sich die gesamte Menschheit entscheiden, auf welcher Seite sie stehen und kämpfen will.

Denn der Ausgang dieser Schlacht wird von uns allen selbst entschieden. Wir haben die Wahl, besinnen wir uns und reichen wir uns die Hand in Frieden und Freundschaft. Bitten wir den Himmel um Vergebung, damit uns ewiger Friede gewährt werden möge.

„Das Schlachtfeld"
Bild von Paulo, Öl auf Holz
Originalgröße 60 x 40 cm,
gemalt nach den Eindrücken dieser Geschichte.

Während dem Malen der Bilder wurde mir diese Geschichte zum Weitererzählen geschenkt. Das Gemalte und der Text entstanden parallel und ergänzten sich wechselwirkend

Vorwort & Widmung

Das Buch richtet sich an alle, die schon immer für Gerechtigkeit gekämpft haben, für Gleich-berechtigung, gegen Unterdrückung, Willkür, Ausbeutung, moralischen Verfall, Hass und Korruption. Es ist allen gewidmet, die sich gegen erstarrtes dogmatisches Denken zur Wehr setzen, Gegen die Willkür und Arroganz des Stärkeren, der gegen jede Moral aus seiner physischen Überlegenheit heraus diese Macht ausnutzt. Ebenso richtet sich das Buch an diejenigen, die die Tiere und Pflanzen als schützenswerte Lebewesen der Schöpfung betrachten.

All diesen Menschen ist diese Geschichte gewidmet.
All denen, die für ihre Überzeugung und ihren Glauben, ihre Herkunft, ihr Aussehen, ihre Hautfarbe, ihre Götter, ihre Vorfahren und ihre Kinder zu Schaden oder gar zu Tode kamen. Es richtet sich an die Verfolgten, Vertriebenen, Gepeinigten, Gefolterten, die selbstlos für ihre Väter und Mütter, für ihre Söhne und Töchter das eigene Leben gaben.
Den zum Teil aus purer Habgier durch Menschenhand vorsätzlich ausgerotteten Tier- und Pflanzenarten ist dieses Buch gewidmet. Täglich sterben über Hunderte Tier- und Pflanzenarten aus. Damit sind sie für immer und unwiederbringlich von unserem Planeten verschwunden. Unser Hunger nach Rohstoffen und Ressourcen scheint unersättlich. Für diese Entwicklung tragen wir allein die Verantwortung, ein großer Teil der Zerstörung und Ausbeutung unseres Planeten, und daran bin auch ich selbst nicht unbeteiligt, ist von uns zu verantworten.

Über Jahrmillionen regulierte sich die Erde vor allem aus sich selbst heraus. Heute greifen wir in unserer Habgier in alle Bereiche ein, ohne jeglichen Respekt vor der Natur mit ihren eigenen ökologischen Gesetzen und dem Wunder der Schöpfung, dem wir tagtäglich begegnen. Diese Erde wird sich noch Jahrmillionen drehen, sie ist nicht von uns abhängig, aber wir sehr wohl von ihr. So wie die Saurier ausgestorben sind, werden auch wir verschwinden. Nein, schlimmer noch, wir sind sogar sehenden Auges dabei, uns selbst und unsere Lebensgrundlage zu zerstören und sie unumstößlich zu vernichten. Ist dies vielleicht sogar eine Chance für die Erde, für den Kosmos, für die Schöpfung, wenn die Menschheit sich zu Grunde richtet?

Wir alle sollten endlich erkennen, wie schädlich der Kampf untereinander und gegeneinander für uns und die ganze Menschheit ist. Krieg, Ausbeutung und Unterdrückung helfen wie eh und je nur einigen Wenigen, ihre Macht und ihren ohnehin ungeheuren Reichtum weiter zu mehren. Die Menschheit steht wieder vor einem Scheideweg.

Weiter so im Wachstums- und Rüstungswahn mit kriegerischen Auseinandersetzungen und der unseligen Dominanz des Finanzkapitalismus in etlichen Regionen ohne Rücksicht auf Verluste, und dies in vielen Ländern und auf allen Ebenen. Oder sollten nicht vielmehr Einkehr und Besinnung Einzug halten, eine tiefe Dankbarkeit für das Geschenk, welches uns gemacht wurde, dass wir auf diesem Planeten leben dürfen. Denn mit diesem Geschenk haben wir auch eine Pflicht übernommen. Mit unserer Geburt wird uns allen, jedem Einzelnen von uns, ein Stück Verantwortung mit in die Wiege gelegt, die Erde zu schützen und zu schätzen, statt sie zu zerstören.

Wir sollten nicht auf das Paradies nach dem Tode hoffen. Schon im Hier und Heute dürfen wir Teil dieses göttlichen Kosmos sein. Bereits jetzt können wir wachen Auges seine Herrlichkeit, seine grenzenlose Schönheit, seine bedingungslose Hingabe und Liebe erkennen. Wer öffentlich hierzu aufruft, wird heute viel-leicht noch belächelt, heute noch als unverbesserlicher Narr angesehen, morgen aber ge-schätzt ob seiner Weissagungen. Es ist an der Zeit, das Wunder der Schöpfung, des ganzen Universums und dieser wunderbaren Welt zu erkennen, zu schützen und zu bewahren. Hand in Hand, mit Verstand und mit offenem Herzen.

Als Gegenpol zu dem zäh dahinfließenden Brei von Gesetzen und Verordnungen, von Richtlinien und Vorgaben, von Ausnahmeregelungen und Einschränkungen, von Entschuldigungen und Ausreden. Hinter dem immer behäbiger und unumgänglich anwachsenden Wulst, hinter dem sich jeder verstecken kann, verbirgt sich die ebenso einfache wie geniale Lösung der gesamten Problematik. Es geht um den achtsamen Respekt und die Achtung der Naturgesetze, um Menschlichkeit in einem globalen Sinne, die die gesamte Schöpfung von Flora und Fauna mit einschließt.

So einfach könnte es sein.

Paulo

Der letzte Atemzug

Mit einem tiefen, gigantischen nicht enden wollenden Atemzug entzogen die Dämonen allen in der Nähe befindlichen Lebewesen, allen Tieren, Bäumen und Sträuchern den Sauerstoff. Durch diesen Sog wurden die Leiber zerfetzt und ausgesaugt, Bäume und Buschwerk entblättert, die Grasflächen verbrannt. Ein letzter tiefer Atemzug füllte die Lungen der Dämonen, um dann mit geballter Kraft und ungeheurem Luftdruck die Gegner ein für alle Mal hinwegzufegen, sie in ihre Einzelteile zu zerlegen, sie zu zerschmettern und zu vernichten, sie ein für alle Mal zu besiegen und auf diesem Planeten auszulöschen. Waren sie doch alle zusammengekommen, um gemeinsam das Gelage, dieses Blutfest des Sieges und die endgültige Ausrottung ihrer Gegner zu genießen, diese obskure lästige Menschheit, mit der sie schon viel zu lange den Platz auf diesen Planeten teilen mussten. Sie waren gekommen, um den Untergang des lichten Tages, eines Lebens voller Wärme und Liebe zu besiegeln. Immer wieder, seit vielen Millennien fanden Auseinandersetzungen zwischen den Dämonen und den Menschen statt, es wurde gekämpft, gesiegt und verloren. Der Seite der Finsternis war es allerdings noch nie gelungen, die gesamte Macht an sich reißen zu können. Immer wieder gewannen auch ihre Widersacher, die Menschen, kleinere Schlachten, immer wieder setzten sie sich trotz erbärmlicher Waffen erfolgreich zur Wehr. Und immer wieder ist es ihnen gelungen, ihre Besatzer zu vertreiben.
Die Dämonen wollten nur eins, das Blut ihrer Gegner trinken und sie vollständig besiegen. Aber die Menschen besaßen Fähigkeiten, die die Dämonen zutiefst fürchteten, weshalb sie die Menschen auch

immer wieder angriffen und töteten. Es war ihre Fähigkeit der Hingabe zum Leben und vor allen Dingen ihre Liebe und Freude, ihre Hoffnung und Zärtlichkeit für alles, was mit dem Licht der Welt verbunden war. In der sich nun anbahnenden Schlacht waren es genau diese Tugenden der Menschen, die sie ein für alle Mal auszurotten versuchten. Denn vor diesen Eigenschaften fürchteten sich die Dämonen, diese Höllenfürsten, am meisten.

Seit Jahren schlichen sich die Dämonen hinterhältig nachts in die Dörfer der Menschen und überfielen sie im Schlaf. Nachdem sie sich sicher waren, dass keiner der Menschen überlebt hatte, kehrten sie niemals in die überfallenen Dörfer zurück. Die Menschen stellten Wachen auf, aber wenn die Dämonen diese Wachen bemerkten, überfielen sie sie am Fluss. Hier waren sie, um Wasser zu holen. Auch pflügten sie auf den Feldern oder sammelten in den Wäldern Beeren. Manchmal gelang es einigen Menschen, recht-zeitig zu fliehen und sich zu verstecken. Die Dämonen zogen unbeirrt weiter durch das Land und hinterließen eine Schneise von Ver-wüstung, Schrecken und Tod.
Für den jetzt anstehenden Kampf ums Ganze, hatten die Dämonen alles bestens vorbereitet. Denn diesmal stand der alles entscheidende Kampf bevor. Das Schicksal der Menschheit sollte heute und hier besiegelt werden. Jahrtausende hatten die Dämonen nicht nur gegen diesen Gegner gekämpft, sie zerfleischten und bekriegten sich in ihrer Unersättlichkeit nach Macht und Herrschaft auch untereinander.
Nun aber rauften sich die Dämonen der gesamten Welt trotz aller internen Feindseligkeit zusammen. Denn nur mit der Stärke der Geschlossenheit schien ihnen

der Sieg sicher. Erfüllt vom Un-Gedanken absoluter Machtausübung, von Hass, Böswilligkeit und unbeschreiblicher Wut, geprägt von ihrer Arroganz, Selbstherrlichkeit und Blutrünstigkeit, dauerte dieser letzte Atemzug eine kleine Ewigkeit. Bewusst wurde er hinaus gezögert, war man sich doch so siegessicher und wollte deshalb den Augenblick vor dem großen Sieg, jenen seit langem angestrebten Triumph der endgültigen Vernichtung der Menschrasse, besonders lange genießen.

Die Menschen wurden von Fürst Rana an diesen Platz geführt. Er befehligte seit Jahren den Kampf gegen die schwarze Bedrohung, der Tod und Finsternis folgten. Die hier versammelten Streitkräfte der Menschen wussten noch nichts vom Hinterhalt, in den sie gelockt worden waren. Die Dämonen hatten einen teuflischen Plan ausgeheckt. Ohne zu wissen, dass er als der sichere Verlierer dieser Schlacht betrachtet wurde, erkannte der Fürst blitzschnell die Gelegenheit, die sich durch den *langen* Atemzug der Dämonen ergeben sollte.

Fürst Rana nutzte die Zeitnische dieses nicht enden wollenden Atemzugs, um seine Mitstreiter und Legionen unbemerkt in Stellung zu bringen. Auf Fahnen, Fanfaren und den üblichen Prunk wurde bewusst verzichtet. Sein Heer war auf die gewaltige nie gesehene Kämpferschar von etwa 350.000 Mann ange-wachsen. Je etwa 70.000 der Krieger sendete er, geführt von seinen Generälen, talabwärts, um die Dämonen von den Seiten her in die Zange zu nehmen. Den größten Teil seines Heeres versammelte er aber am leicht abfallenden Hang mit Blick in das Tal. Hier in der ersten Kampfreihe hatten auch die roten Kämpfer, die erst kürzlich zu den Truppen des Fürsten gestoßen waren, ihr Lager aufgeschlagen. Wegen ihrer rot leuchtenden Umhänge, Gewänder und ihrer rötlich schimmernden Pferden wurden sie von allen nur „die Roten" genannt.

Hier unten, wo die leichten Hügel in eine unglaublich großräumige ebenerdige Aue über-gingen, sollte das große Gefecht stattfinden. In der letzten Vollmondnacht dieses Jahres sollte es zur entscheidenden Schlacht in den Auen am Donnerberg kommen Schon Wochen zuvor hatten die Dämonen dem Fürsten die Wahl des Kampfplatzes überlassen.
„Da es euer letzter Wunsch ist, den ihr je äußern dürft, gewähren wir euch, den Platz eures Todes selbst zu bestimmen. Denn für uns ist es ganz ohne Bedeutung, wo wir euch besiegen."
Das zynische furchteinflößende Lachen schien Minuten anzudauern. Fürst Rana und seine Generäle hatten aber ebenfalls Sieges-hoffnung. Der Fürst hatte bewusst diesen gen Osten liegenden Berghang ausgewählt und mit der Kraft der aufgehenden Sonne gerechnet, um sich hier dem Kampf der Kämpfe zu stellen. Die Hänge waren überwiegend mit niedrigem Gras bewachsen, nur hier und da gab es einzelne kleine niedrige Sträucher, die im Bedarfsfall ein gutes Versteck boten. Auf der Anhöhe standen mehrere gewaltige Mammutbäume, diese wiederum umringten die Weltenesche Yggdrasil. Der Legende nach mussten die Mammutbäume bereits 2000 Jahre alt sein. Nichts im Vergleich zu Yggdrasil, die der Sage nach seit Anbeginn der Zeit hier steht. Sie ist der größte und prächtigste Baum der Welt und verknüpft Himmel und Erde. Ihre Krone überragt die Sterne.
Fürst Rana wusste, im Schein des Lichtes, das die Dämonen bislang gemieden hatten, waren seine Krieger stärker. Sie konnten geschickter und

14

geschmeidiger reagieren als die schwerfälligen Kämpfer des Bösen. Eine Auseinandersetzung bei Einbruch der Nacht hätte von Anfang an unter einem schlechten Stern gestanden. Je finsterer die Nacht, umso überlegener schienen diese Kreaturen der Finsternis zu sein. Zwischenzeitlich hatten auch die Dämonen alle ihnen zur Verfügung stehenden Kräfte mobilisiert.

Und ihre herbeigerufenen Verbündeten waren ausnahmslos gekommen, um Vampiren gleich das Blut der Gegner aufzusaugen und sich am Sieg zu berauschen. Fürst Ranas Späher beobachteten, dass die Dämonen sich bereits seit Wochen in den Niederungen sammelten. Aus allen Richtungen strömten täglich Tausende zusammen, ein nicht abreißender Strom von Kriegern: ihre Waffen scharfkantig geschliffen, in ihrer Statur monströs und athletisch, ihrem Aussehen nach grimmig und furchteinflößend.

Jedem Krieger der Welt des Lichtes wurde mulmig bei diesem Anblick, und es bestand kein Zweifel an ihrer Überlegenheit. Die Beobachter hatten die Order, Fürst Rana täglich Bericht zu erstatten, damit er Entscheidungen fällen konnte. Stundenlang beriet sich der Fürst mit seinen Generälen und Feldherren. Mit betretenen Mienen verließen sie oftmals die Zelte. Auf die Erfolgsaussichten und den Ausgang des Kampfes angesprochen, hatten sie Order, Mut zu machen. Die Krieger des Lichtes sollten nichts von der Ratlosigkeit ihrer Generäle erfahren, die ihnen beim Anblick der blutrünstigen Gegner durch die Knochen fuhr. Trotz aller Beteuerungen der Generäle an den Lagerfeuern der Krieger brodelte die Gerüchteküche:

„Sie sind bärenstark und riesig groß."
„Das sind dreimal so viele wie wir."

„Manche sind fast drei Meter groß."
„Die fressen in den Auen das erlegte Wild bei lebendigem Leibe."

Tag für Tag vermehrten sich die Gerüchte und wildesten Geschichten um die gigantische Kraft der Dämonenkämpfer und ihrer zahllosen Weg-gesellen. Auch die tapfersten Licht-krieger mit ihren zum Teil harmlosen, primitiven Waffen wie Äxten und Sicheln, sahen aus der Ferne die unglaubliche Übermacht der Dämonen. Aus der Distanz erahnten sie das Heer ihrer Gegner, das so überlegen schien, dass ein Kampf eigentlich überflüssig war. Mit ihrer unsäglichen Übermacht an Kämpfern, Waffen und Reittieren, schienen sie ihre Gegner mühelos niederwalzen zu können. Ihr Grunzen, Stampfen und Lachen, ihr Ängste erweckendes Schwerterklirren klang bis ins Lager der Lichtkrieger herüber, obwohl es einige Meilen entfernt lag.

Viele der Lichtkrieger fürchteten sich sehr, wussten sie doch um die Aussichtslosigkeit dieses Kampfes. Die Dämonen spürten die Angst ihrer Gegner und kosteten diesen für sie süßlichen Duft von Furcht und Lähmung aus. Ihnen war nichts heilig, sie hatten keinerlei Respekt, nicht einmal vor ihren eigenen Leu-ten. Nur so zum Zeitvertreib oder beim Training brachten sie sich gegenseitig um. Bei Raufereien zum reinen Zeitvertreib oder um ihre Kraft und Geschicklichkeit zu trainieren, kam es auch immer wieder zu Todesfällen bei den eigenen Leuten.

Bei diesen Kraftproben töteten sie sich auf bestialische Weise untereinander. Denn der Sieger durfte sich an den Innereien seiner Gegner ergötzen. Was sie an Hautfetzen und Knochen-resten übrig ließen, warfen sie ihren blut-hungrigen gigantischen Kampfhyänen zu. Sie waren nicht nur brutal und mit besten Waffen ausgerüstet. Ihre Reittiere sahen aus wie riesige Ameisen. Sie waren zwar nur etwa zwei Meter hoch, doch selbst aus der Ferne wurde den Spähern wegen ihrer Schnelligkeit, ihrer Wendigkeit und ihre messerscharfen Zangen am Kopf Angst und Bange. Die Botschaft von der Existenz dieser Tiere machte im Lager der Lichtkrieger schnell die Runde. Nach Erzählungen und Berichte über diese Monster und ihre Bluttaten, griffen bei den Kriegern des Lichtes Ratlosigkeit und Angst um sich. Sie zweifelten an einem möglichen Sieg, und es schlichen sich immer häufiger Fluchtgedanken ein.

Die Krieger des Lichtes versammelten sich in kleinen Einheiten und ihre Stimmen waren ge-tragen von großer Furcht:
„Wir müssen fliehen oder uns ergeben"
Sie riefen nach ihren Hauptmännern und Generälen. Auch diese waren angesichts der schieren Übermacht ihrer Gegner uneins, was sie tun sollten. Sie versuchten aber, ihnen Mut zuzusprechen. Ein Rückzug schien nicht mehr möglich, die Dämonen hatten bereits das ganze Tal besetzt, und sie waren schlau genug, auch die anderen Seiten des Bergmassivs zu sichern. Denn diesmal sollte es unbedingt der absolute Sieg sein.
Aufgeben? Auf keinen Fall! Trotz all seiner Bedenken sprach einer der Generäle:
„Wir reden noch heute mit dem Fürsten. Er hat einen geheimen Plan, wie wir diese Monster besiegen können. Jeder bleibt an seinem Platz, lasst euch nicht anmerken, auch wenn ihr euch fürchtet. Tut so, als würdet ihr euch auf den Kampf vorbereiten.

Wir müssen damit rechnen, dass auch sie ihre Kundschafter in unserer Nähe haben, oder noch schlimmer, dass sich einige Spione unter uns befinden."

Ängstlich blickten die Krieger in die Runde, denn keiner traute seinem Kameraden einen Verrat zu. Die Generäle versuchten ihre Soldaten zu beruhigen.

„Unsere Hauptmänner und Generäle treffen sich noch heute mit dem Fürsten und seinen Beratern. Sie werden eine Lösung finden. Morgen Abend nach Einbruch der Dunkelheit soll der Kampf beginnen."

Bereits seit Tagen wurde auf Befehl eines Hauptmanns alles Gestrüpp und sämtliches trockene Holz aus den umliegenden Wäldern aufgesammelt und an vielen Stellen bis ins Tal hinab waren kleine Scheiterhaufen in ausgehobenen Mulden aufgeschichtet. Diese waren jedoch als Gestrüpp getarnt, denn etwas Licht auf dem Schlachtfeld sollte den Kriegern einen Vorteil verschaffen, zudem wussten sie, dass die Monster Helligkeit verabscheuten.

„Morgen ist Vollmond", versuchten die Anführer des Lichtes ihre Mitstreiter zu beruhigen.

„Der Schein der Feuer und auch die hellen Strahlen des Mondes werden uns behilflich sein und wir werden nicht in der Dunkelheit kämpfen müssen."

Die Realität sah allerdings etwas anders aus. Bereits seit ihrer Ankunft vor zehn Tagen hingen dunkle, tiefschwarze Wolken am Himmel. Das ganze Land war von einer dicken grauen Wolkenschicht bedeckt, sodass selbst tagsüber eine düstere Stimmung herrschte, was sich auch auf die Gefühle der Krieger niederschlug.

Die Wolken hingen so tief, als wollten sie alles unter sich ersticken und kein Lichtstrahl konnte hindurch dringen.

„Selbst das Licht hat uns bereits verlassen, die Sonne und der Mond haben sich zurückgezogen, sie werden schon erahnen, was uns Schreckliches erwartet."
„Bleibt ruhig, wenn es für uns wichtig ist, werden die Kräfte des Lichtes an unserer Seite stehen, wir werden ihre Hilfe erhalten, denn auch für sie ist der Ausgang dieses Kampfes von großer Wichtig-keit."
Doch diese Aussagen konnten genau wie die vielen anderen Beschwichtigungen der Generäle die Kämpfer nicht beruhigen. Schon zu oft hatten sie von der Brutalität und den barbarischen Überfällen der Dämonen gehört. Und dort unten im Tal konnten sie sehen, was sie erwartete.

Vor fast elf Jahren hatten die Gefolgsleute um den Fürsten Rana ihre Heimat verlassen müssen, um die Dämonen aus dem Land zu verjagen. Damals hatten diese Horden des Schreckens immer wieder kleinere Ansiedlungen der Menschen überfallen und alles, was ihnen im Wege stand, getötet. Nach und nach wurden sie noch skrupelloser und attackierten immer häufiger auch größere Dörfer. Die Menschen des Lichtes hatten fast nie eine Chance, wurden sie meistens doch bei Feldarbeiten oder im Schlaf überfallen. Damals verließen viele ihre Dörfer und flehten den Fürsten um Schutz an. Die Burg des Fürsten hatte aber schnell ihre Aufnahmekapazität erreicht und der Strom von Hilfe suchenden Bauersleuten schien nicht zu abzureißen.
So beschloss der Fürst, ein gut ausgebildetes Heer aufzustellen und damit die Angreifer aus dem Lande zu verjagen. In jener Zeit konnte noch niemand ahnen,

19

dass es jemals zu diesem Gemetzel kommen würde. Hätte der Fürst damals geahnt, dass er heute dieser Übermacht an blutrünstigen Gegnern würde gegenüberstehen müssen, dann wäre er damals gleich aufs Ganze gegangen und hätte sie nicht verjagt, sondern getötet. Nun aber standen sich die beiden Mächte wieder gegenüber und bei den Kriegern des Lichtes schienen pure Angst und Furcht vorzuherrschen. Sie kamen in den späten Nachmittagsstunden zusammen. Es wurde geredet und getuschelt, alle schienen uneins und völlig verunsichert. Plötzlich trat aus der Menge ein blutjunger rot gekleideter Kämpfer hervor, ein junger, vor Kraft strotzender Mann namens Torsen. Unter seinem Überhang konnte man seine Muskelbepackten Arme und Beine sehen. Er hob sein Schwert in die Höhe und bat um das Wort. Schnell verstummte die Menge, aus der nur noch einzelne Stimmen zu hören waren.

„Es ist der Anführer der Roten Kämpfer."
„Er soll schon sehr viele seiner Gegner getötet haben."
„Er wird uns helfen."

Bereits seit Tagen wurde an den Lagerfeuern von den Heldentaten der Roten Krieger erzählt. Mit den Roten Kriegern an der Seite der Kämpfer des Lichtes, wuchsen Hoffnung und Zuversicht ein wenig.
Diesem Roten Kämpfer eilte im ganzen Land ein heldenhafter Ruf voraus. Sogar manche Generäle hielten große Stücke auf ihn.

„Er möge sprechen", erlaubte einer der Generäle.
Erst jetzt senkte er sein Schwert.
Die Menge verstummte.

„Ich bin selbst noch jung und erst seit einigen Jahren mit meinen Gefolgsleuten unterwegs, diese wilden Horden zu vertreiben. Wir alle sind seit vielen Jahren hinter diesen Bestien her. Seitdem haben wir unser Land und unsere Familien nicht mehr gesehen, wir wissen nicht einmal, ob vielleicht gerade ein weiterer Trupp dieser Bluthunde unsere Dörfer oder eure Festung angreift und unsere Liebsten tötet.

Denn seit vielen Jahren ziehen diese Dämonen mit ihren schwer bewaffneten Kämpfern durch unser Land, sie überfallen mit unglaublicher Brutalität unsere Dörfer und Ansiedlungen, sie morden, schänden und verwüsten. Sie hinterlassen nichts als Chaos und Tod. Seit dieser Zeit verfolgten wir sie. Aber bis wir zu den am Horizont aufsteigenden Rauchwolken kommen, ist es fast immer zu spät. Es blieb uns nichts, als unsere getöteten Landsleute zu beerdigen. Schon wieder hatten sie vor uns das nächste Dorf erreicht und ein weiteres sinnloses Blutbad angerichtet.

Nur selten konnten wir diese Truppen einholen und empfindlich treffen. Aber dadurch, dass viele Überlebende zu uns stießen, um an unserer Seite mitzukämpfen, wurden wir durch jeden Einzelnen in dem Glauben bestärkt, das Richtige zu tun. Wir müssen uns dieser Horde Dämonen stellen und gegen sie kämpfen. Es gibt keine andere Möglichkeit als das unbedingte JA zu diesem entscheidenden letzten Kampf. Einige von euch haben Angst, das versteh ich nur zu gut, denn auch ich sehe, was sich da zusammenbraut.

Dennoch müssen wir uns nicht fürchten. Unser Heer wird größer und stärker und sehet nur, Stunde für Stunde kommen neue Kämpfer, um an unserer Seite zu stehen.

Ich fürchte diese Kreaturen nicht, ich habe auch keine Angst vor diesen armseligen Geschöpfen, sie haben nichts gegen mich in der Hand, nichts, womit sie mich im Herzen treffen könnten, rein gar nichts."

Die Hauptmänner und Offiziere, die Soldaten und einfachen Kämpfer lauschten den Worten des Roten Kriegers. Alle schwiegen und warteten auf eine Reaktion der Generäle. Hauptmann von Wererloh, der bislang nur wenig von diesem Krieger gewusst hatte, beorderte mit einer Handbewegung seine Vertrauten zu sich.

„Berichtet mir von diesem Mann, ich will alles über ihn wissen."
„Man erzählt sich die wagemutigsten und abenteuerlichsten Geschichten über ihn und seine Leute."

„Wo kommt dieser Bursche her?"

Der altgediente Vertraute des Hauptmanns ergriff erneut das Wort.

„Das weiß niemand so genau, die einen sagen, er sei der Sohn eines großen Herrschers aus dem Süden, andere behaupten, er sein ein Bauernsohn, wieder andere heben ihn auf die Stufe der gesegneten heiligen Geschlechter. Ich kenne ihn persönlich. Vor etwa vier Jahren kam er mit seinem Gefolge zu uns, damals waren es etwa 400 gut ausgebildete Kämpfer. Er scheint ein mutiger und kluger Krieger zu sein, er kennt keine Scheu, greift die Dämonen offensiv an und fügte ihnen schon empfindliche Niederlagen zu. Sein Mut und Erfolg im Kampf gegen die Dämonen bescherte ihm seinen Heldenruf. Bereits ein Jahr später folgten ihm über 5000 Männer, zumeist Reiter, die mit ihren Pferden aus dem ganzen Land zu ihm stießen. Heute befehligt er das Rote Lager ganz unten in diesem Seitental."

Dabei zeigte sein Arm zur Seite.

„Er stellt seine Zelte direkt in die erste Front den Dämonen quasi Auge in Auge gegenüber und demonstriert so seinen besonderen Mut."

Hauptmann von Wererloh versuchte die vielen im Tal aufgebauten dunkelroten Zelte zu über-blicken.
Erstaunt fragt er:
„Gehören die etwa alle zu ihm?"

„Ja mein Herr, fast 30.000 Mann folgen ihm mittlerweile. Allesamt die besten Reiter und Bogenschützen, man sagt, sie seien die besten im Lande. Vor einem Jahr, als wir gemeinsam die Dämonen verfolgten, löste er sich aus unserem Verband und ritt mit seinem Gefolge ohne zu rasten in einer Drei-Tages-Etappe in großem Bogen durch das Land Kusch. Er fiel den Dämonen, als sie sich auf den Kampf gegen uns vorbereiteten, in die Flanken. Bis wir das Schlachtfeld erreicht hatten, lebte von den Dämonen nicht ein Einziger mehr. Und mitten in diesem Getümmel kniete dieser Kämpfer auf dem blutgetränkten Boden nieder und bat um Vergebung dafür, dass er diese Kreaturen getötet hatte."

„Und man weiß nicht, aus welchem Hause er stammt?"

„Nein, er soll aus dem hohen Norden kommen, er schläft in den Zelten, Kopf an Kopf mit seinen Leuten. Wenn er abends durch sein Lager zieht, jubeln ihm seine Kämpfer zu, sie verbeugen sich und geloben ihm Treue bis in den Tod. Alle gelten als sehr mutig, fast schon wagemutig, sie folgen ihm in Ergebenheit. Er ist einer der Ihrigen."

„Solche Kerle brauchen wir als Generäle oder Hauptmänner in unseren Heeren."

„Ruft ihn zu mir, nein, lasst es, ich werde selbst zu ihm gehen."

„Mein Hauptmann, ihr könnt doch nicht ..."

Bevor der Berater den Satz zu Ende gebracht hatte, schritt der Hauptmann geradewegs auf Torsen zu.
Er blickte in seine feurigen Augen, sah die Narben in seinem Gesicht, eine wulstige auf der Stirn und eine, die auf der Wange dunkelrot begann, sich über den Hals hinunter zur Brust fortsetzte und unter seinem roten Hemd verschwand.

„Wie mir berichtet wird, führt Ihr eine Zunge und ein Schwert wie ein Herr von edlem Geschlecht. Sag, wie werdet Ihr genannt, und wessen Sohn seid Ihr? Wer sind Eure Lehrmeister, damit uns gewiss ist, aus welchem Haus solche mutigen Kämpfer stammen."

Nach einer tiefen Verbeugung begann Torsen zu sprechen.

„Mein Hauptmann, sie nennen mich Torsen. Ich stamme aus dem Hause meines Vaters. Meine

Herkunft ist nicht von Bedeutung und soll mir keine Privilegien verschaffen. Zuversicht, Mut, Treue, Aufrichtigkeit und Ergebenheit sind meine Lehrmeister, und Gleiches darf ich von meinen Begleitern als Dank erfahren."

„Ich höre, Eure Schwerter seien so scharf wie Eure Zunge, Eure Pfeile so schnell wie Euer Verstand, Eure Pferde, obwohl sie mir klein vorkommen, seien so schnell wie der Wind. Folge mir mit engsten Verbündeten hinauf zum Fürsten, ihr dürft an seiner Seite kämpfen. Er bewundert Männer wie Euch und er wird Euch belohnen."

Torsen trat einen Schritt zurück, senkte den Kopf.

„Mein Hauptmann, euch sei gedankt. Wir wissen dies zu schätzen und sehen es als große Ehre, in den Reihen des Fürsten zu kämpfen. Mein Platz aber ist hier, bei meinen Kriegern, hier in der ersten Front und wenn ich gegen unsere Feinde reite, werden auch die anderen folgen. Übermittelt meine Worte. Der Fürst wird mich verstehen."

Der Hauptmann war verwundert über die Ab-weisung einer so großen Ehre.

„Nun gut, wie Ihr wünscht. Sagt mir noch eins, warum reitet Ihr auf diesen kleinen Pferden? Ihre Fellfarbe gleicht Eurem roten Latz, und warum haltet Ihr keine Zügel in der Hand? Lasst Euch von meinem Rittmeister 100 große, starke und gut ausgebildete Pferde geben."

„Mein Herr, auch diese Ehre wissen wir zu schätzen. Allerdings sind wir mit unseren Pferden mehr als zufrieden. Sie sind trotz ihrer kurzen Beine schnell, stark, ausdauernd, wendig, und sie besitzen eine ganz besondere Gabe, denn sie folgen unseren Gedanken, ohne zu hinterfragen, genau wie meine Männer mir und meinen Gedanken folgen."

Er verbeugte sich nochmals und wollte zu seinen Männern zurückkehren.

„Halt inne Roter Krieger!"

Zum Entsetzen der Generäle ging der Hauptmann auf Torsen zu und stand ihm direkt gegenüber.

„Mein Hauptmann?", reagierte Torsen verdutzt.

Der Hauptmann griff sich an den Hals und zog unter seinem Hemd einen hell leuchtenden Anhänger hervor.

„Hier, seht Ihr dieses Amulett, der Fürst selbst schenkte es mir vor vielen Jahren. Wer es trägt, ist stets beschützt. Es ist bei mir und führt mich in allen Dingen. Möge auch noch so viel Finsternis sein, dieser Edelstein, ein Saphir, von höchster Reinheit, von purem Gold gefasst, verfügt über eine gewaltige Energie und Leuchtkraft. Er vermag in Gegenwart von reiner Liebe selbst in tiefster Dunkelheit ein helles Licht entfachen."

Der Hauptmann wollte weitersprechen, aber Torsen sagte:

„Ich kenne diese Amulette und die Kraft, welche von ihnen ausgeht. Auch mein Fürst schenkte ein ähnliches seinem Sohne, als dieser noch ein Jüngling war. Damals musste mein Fürst seinen Hof, die eigene Mutter, seine Gemahlin und die geliebten Kinder verlassen, um diese Mörder und Verbrecherbande zu jagen."

Torsen verneigte sich. Das Gespräch war beendet. Torsen hob die Hand, führte sie zu seinem Herzen und griff unter seinem Latz zu einem Gegenstand, den er um den Hals trug. Noch einmal führte er die Hand zum Herzen, hinauf bis zur Stirn und dann küsste er die Hand, die sein eigenes Amulett umgriff, das ebenfalls mit einem Saphir geschmückt war. Der Hauptmann zögerte, bemerkte aber, dass Torsen nach etwas griff. Es war sehr leise um sie herum geworden, denn alle wollten dieses Gespräch verfolgen. Auch die anderen Hauptmänner, Anführer und ihre Späher, die die feindlichen Reihen inspizieren sollten, waren zwischenzeitlich herangetreten und verfolgten das Geschehen und den Wortwechsel genauestens.

„Bevor Ihr geht, bitte sagt mir noch eins, wieso Rot, warum tragt Ihr so auffällige Kleidung? Ihr werdet allerorts sofort entdeckt und gesehen, in diesen Kleidern wirkt Ihr wie eine Zielscheibe."

„Mein Hauptmann, Ihr habt Recht, unsere Kleidung und unsere Pferde sind nicht zu übersehen. Sie sind Rot, fast so rot wie das Blut, das in unseren Adern fließt, so rot wie unser Herz, so rot und so feurig wie der Sonnenaufgang, wie die Liebe und die Leidenschaft. Und diese Botschaft tragen wir auf unserem Schilde und in unseren Herzen, wenn wir in den Kampf ziehen. Unsere Gegner sollen wissen, dass wir uns vor nichts und niemandem fürchten, wir tragen unsere Farben mit Stolz. Unsere Feinde sehen unsere Pferde und unsere Waffen, sie sehen unsere glänzenden Schwerter und Speere. Und sie sehen, mit welcher Unerschrockenheit und Entschlossenheit wir auf sie zukommen, bis dass ihnen die Ehrfurcht vor diesen Tugenden ihren bis dahin ungebrochenen Kampfeswillen lähmt. Sie sollen wissen, dass wir uns niemals verstecken, ganz gleich welcher Macht wir gegenüber stehen."

Beeindruckt nickte der Hauptmann.

Torsen drehte sich um und wollte zu seinen Kameraden zurück, als er von hinten vernahm:

„Fürstensohn!", rief Hauptmann von Wererloh hinter ihm her.

Torsen, der eigentlich schon einige Schritte vom Hauptmann entfernt war, hielt kurz, nur für den Bruchteil einer Sekunde inne, ging dann aber unbeirrt weiter. Für die Außenstehenden war dieses kurze Zögern kaum zu erkennen.

„Was wolltet ihr sagen, Hauptmann? Sollen wir ihn zurückrufen?", fragte einer seiner Offiziere,

„Nein, lasst uns gehen, wir müssen schnellstens zum Fürsten."

Noch einige Schritte, und Torsen wurde von seinen Kämpfern umringt und in der nächsten Sekunde verschwand er im Gewirr der roten Leiber. Kurze Zeit später berichtet Hauptmann von Wererloh seinem Fürsten von dieser einzigartigen Begegnung mit dem Roten Krieger.

„Sein Gesicht kenne ich nicht, es ist von vielen Narben gezeichnet, aber irgendwie kommen mir seine Art und seine Stimme so bekannt, so vertraut vor. Wenn ich nur wüsste woher?"

Auch von der Gestik des Roten Kriegers berichtet der Hauptmann. Auch berichtet er dem Fürsten, dass der Rote Krieger ebenfalls ein Kraft Amulett trug, welches seinen unerschütterlichen Siegeswillen und seinen Mut unterstützten. Auch einem weiteren General, der zuvor neben Hauptmann von Wererloh stand und das Gespräch zwischen ihm und dem Roten Krieger genauestens verfolgt hatte, kamen die Gesten und die Augen des Roten Reiters vertraut vor. Er zog es aber vor, zu schweigen und seine Vermutung über die vermeintliche Herkunft dieses unerschrockenen Kriegers nicht preiszugeben. Denn er war sich nicht ganz sicher, ob er mit seiner Vermutung recht haben könnte. Denn diese Vermutung war schon sehr wagemutig. Etwas später zogen sich der Fürst und seine direkten Vertrauten in eines der großen Zelte zurück, die in der Nähe aufgebaut waren. Sie beratschlagten sich und ließen sich von den Spähern und Kundschaftern Bericht erstatten.

Etwas verunsichert traten sie aus den Zelten hervor, stiegen auf ihre Pferde und galoppierten an den Kämpfern vorbei zum Hauptlager auf dem Hochplateau. Allen voran der Fürst mit seinem kohlrabenschwarzen Pferd Kaserius. Auf der kleinen Anhöhe angelangt, wendete er sein Pferd und wartete, bis sich seine Gefolgsleute um ihn geschart hatten.

„Hauptmann, erzählt mir jedes kleinste Detail eurer Unterhaltung mit dem Roten Krieger."

Der Hauptmann berichtete. Die Erzählungen über den Roten Krieger schien den Fürsten doch etwas verunsichert zu haben. Wahrscheinlich ahnten er und Hauptmann von Wererloh, der einer seiner treuesten und ergebensten Krieger war, etwas Ähnliches. Die Vermutung wurde jedoch nicht ausgesprochen. Trotz intensivster Bemühungen gelang es dem Hauptmann nicht, sein Pferd unter Kontrolle zu bringen. Es tänzelte unruhig umher. Eine unerklärliche Unruhe zog ein. Nun schienen auch das Pferd des Fürsten und die Rösser der anderen Reiter nervös zu werden. Einige scharrten mit den Hufen, andere stellten sich auf die Hinterbeine. Durch den Lärm der Hufe und die erregten Befehle an die Pferde entstand ein beunruhigendes Durcheinander.

Es dauerte einige Zeit, bis der Fürst sein Pferd wieder vollständig unter Kontrolle hatte. Mit einem Handstreich wies er seine Kämpfer zur Seite. Auch den anderen Reitern gelang es nun, ihre Pferde zu besänftigen. Sofort reihten sie sich leicht nach hinten versetzt an der Seite ihres Fürsten ein. Fürst Rana hob die Hand und verlangte, nachdem alle wieder ihre Fassung gefunden hatten, einen Bericht über Stärke, Bewaffnung und den zu erwartenden Widerstand ihrer Gegner. Die Hauptmänner berichteten fast ehrfürchtig von den mörderischen Waffen und der schieren Übermacht der Dämonenkrieger. Die Aussichten für diesen Kampf seien nach ihrer Einschätzung sehr niederschmetternd. Einen Sieg werde man, wenn kein Wunder geschehe, kaum erzielen können. So gewaltig überlegen erschien das Gegnerische Heer.

„Dass wir den Kampfplatz aussuchen durften, war nur eine Falle" rief einer der Generäle in die Runde." Wir sind längst von unseren Gegnern umzingelt. Das

Hauptheer der Dämonen bereite sich weit unten im Tal auf den Kampf vor. Auf beiden Seiten hinter den Wäldern haben etwa 100.000 Kämpfer in Dreierreihen Stellung bezogen. Zunächst, so unsere Vermutung wird uns das Hauptheer von unten angreifen. Sind wir in Kämpfe verstrickt werden uns die ersten beiden seitlichen Reihen, uns von den Seiten her angreifen. Die dritte Reihe hat sich weiter hinten verschanzt und wird auf unsere Flucht lauern. Diesen Ring können wir kaum durchbrechen. Ihr Ziel wird es sein, dass wir eingekesselt werden."

Der Hauptmann machte eine kleine Pause und blickte zu seinem Fürsten.
„Was schätz ihr, wie viele sind es?" wollte der Fürst wissen.

Zögerlich kam die Antwort.

„Insgesamt schätzen wir die Anzahl unserer Gegner auf etwa eine Million Krieger."

Der Fürst erschrak und allen fuhr das blanke Grauen durch die Glieder. Mit einer solchen Übermacht hatte niemand gerechnet.

„Wie es scheint, haben sie alle Kämpfer und Kräfte mobilisiert und ihr Ziel ist es, uns ein für alle Mal zu vernichten. Unsere Späher berichten, dass sie sich sehr siegessicher fühlen, was wegen ihrer Übermacht auch nicht verwundert."

Selbst die zwölf Hauptmänner, allesamt erfahrene, furchtlose Kämpfer, sahen die Aussichtslosigkeit in dieser Schlacht, die sich da anbahnte und es gab kein

Entrinnen. Ruhig und sehr aufmerksam nahm Fürst Rana die Erklärungen seiner Berichterstatter zur Kenntnis. Er war betroffen von dem schwindenden Mut und der verloren gegangenen Entschlossenheit seiner Krieger. Siegeswillen und Entschlossenheit waren gerade in fast aussichtslosen Situationen erforderlich.

Der Fürst erkannte natürlich die aussichtslose Lag, er hatte Verständnis für die Furcht seiner Kämpfer. Aber von alledem ließ er sich nichts anmerken. Sein Gesichtsausdruck signalisierte Zuversicht und Selbstvertrauen. Mit einer Hand stützte er sich auf sein Sattelhorn, stieg in den Steigbügeln auf die Zehenspitzen, um höher hinausschauen zu können. Auf seinem Pferd wirkte er wie ein Hüne. Der Fürst blickte von Osten nach Westen und ließ sein Auge weit schweifen über das ganze Land, dass sie umgab. Er blickte über die Lager seiner Krieger, den Hang hinunter. Er drehte sich nach allen Seiten und versuchte die Lager seiner Gegner zu erspähen. Als er sich nach einer Weile alles angeschaut hatte, sprach er mit fester Stimme:

„Ja, ihr habt wie so oft Recht, es sind viele Kämpfer auf der Seite unserer Feinde, sehr viele sogar und sie scheinen uns nicht nur zahlenmäßig weit, überlegen zu sein. Sie wirken stärker, viel stärker als wir und sie sind im Besitz von fürchterlichen, grausamen Waffen, von deren Existenz wir nicht einmal ahnten. Sie haben sich, wie mir berichtet wurde, kraftstrotzende Kampftiere mit messerscharfen Pranken gezüchtet, die frei von ethischem Empfinden, irgendwelchen Ängsten und Schmerzempfinden sind. Das macht die gesamte Situation unberechenbar und umso gefährlicher für uns und unsere Leute."

Der Fürst ließ sich in den Sattel sinken, ohne jedoch seine stolze, aufrechte Körperhaltung zu verlieren. Es war kein Laut mehr zu hören. Selbst die Pferde schienen sich ruhig zu verhalten. Alle schwiegen und lauschten den weiteren An-weisungen des Fürsten. Seine Worte waren wohl bedacht und sorgfältig gewählt. Nun aber sprach er nicht wie sonst im glasklaren Ton des rationalen Anführers, des Strategen und Befehlshabers, sondern einzig und allein als Wegbegleiter, Freund, Patriarch und Verant-wortlicher mit dem Herzen.

„Hier nun haben wir eine auch für uns völlig neue Situation. Wir sehen uns in einem Schicksalskampf, den es so bis heute in dieser Form und in diesem historischen Ausmaß auf der ganzen Welt noch nie gegeben hat. Nun stehen wir kurz vor der Entscheidung und sollte kein Wunder geschehen, werden diese Bestien den Kampf gewinnen und wir alle müssen sterben. Nicht nur, dass wir sterben, damit muss ein jeder Krieger rechnen, nein, wir werden unserer historischen Aufgabe und dem hehren Ziel beraubt, diese Dämonen ein für alle Mal zu besiegen und damit dauerhaften Frieden für die ganze Welt zu schaffen. Was aber wird nach unserer Niederlage geschehen? Wie werden sich diese Monster ver-halten? Ich mag mir gar nicht vorstellen, wie das Leben auf der Welt ausschauen wird unter der Herrschaft dieser zügellosen Dämonen, die weder Moral noch Ehre kennen."

Durch diese ungewohnt klaren Worte des Fürsten, war allen das blanke Entsetzen ins Gesicht geschrieben.

Bestürzung und Abscheu, aber auch Totenstille und Trauer waren allgegenwärtig.

Alle schwiegen, bis einer aus den hinteren Reihen rief:

„Wir müssen fliehen!"

„Nein", erwiderte ein anderer.

„Wir sollten uns ergeben und Verhandlungen führen." Fürst Rana ließ den Gedanken und Worten seiner Hauptmänner und Generäle freien Lauf. Einige Zeit später herrschte ein völliges Durcheinander, Geschwätz und Geschrei. Nach und nach erkannten die Krieger die aussichtslose und verworrene Lage, in der sie sich befanden. Wenige Momente später schwiegen alle wieder und warteten auf den Fürsten.

Der sprach: „Schweigt, meine Freunde, lasst uns gemeinsam nachdenken. Was erwartet uns, egal ob wir nun kämpfen, fliehen oder uns ergeben?

Sie werden uns letztlich jagen und bestialisch töten. Sie werden unsere Pferde töten und sich an ihrem und unserem Blut berauschen. Nach diesem Sieg sind sie stärker und unersättlicher als je zuvor. Sie werden ohne Gegenwehr durch unser Land ziehen, plündern und alles verwüsten, unsere Frauen und Kinder werden sie …"

Diesen Satz vermochte er nicht zu Ende führen. Nach einem Seufzer und einer kleinen Pause sprach er beherzt weiter.

„Sie werden unsere Heimat zerstören, unsere Hütten und Vorräte allerorts vernichten. Sie bringen Finsternis in das Land, und keine Macht dieser Welt, des gesamten Kosmos wird sie davon abhalten oder gar vertreiben können. Selbst wenn einigen von euch die Flucht gelingen sollte, wo in aller Welt wollt ihr hin? Nirgendwo im gesamten Universum wird es einen Platz geben, an dem ihr euch verstecken könntet. Früher oder später kommen sie und werden auch die Letzten in ihren Höhlen und Behausungen finden und umbringen. Wollt ihr ein Leben in Todesfurcht und grauenvoller Angst, den nächsten Tag nicht mehr erleben zu können? Nein, sage ich euch, ein solches Leben werde ich nicht führen, denn das ist kein Leben, nichts wäre an diesem Zustand lebenswert. Wenn es auch nur den geringsten Funken von Hoffnung gibt, dann werde ich mit dem Schwert in der Hand in diesen Kampf reiten und meine Liebsten und alles, was mir je bedeutsam schien, verteidigen, und dies bis zum letzten Blutstropfen, der in meinen Adern fließt. Sie sind nicht nur gekommen, um zu kämpfen und uns zu besiegen. Sie wollen uns ausrotten, ein für alle Mal, und sie werden nicht nur uns töten, sondern alles, was mit uns verbunden ist, wofür wir leben: das Licht und die Liebe, unseren Glauben an den Schöpfer und das Gute im Leben, all das wollen sie uns für immer nehmen. Sie werden Verderben in diese Welt bringen, die in Blut ertränkt wird. Und es wird kein Baum mehr erblühen und kein Vogel mehr seine Stimme erheben, um den Morgen zu begrüßen. Sie werden alles mit einem undurchdringlichen dunklen Schleier umhüllen, und kein Raum wird mehr sein für Leben und Liebe, nur Tod und Verderben, hier und überall."

Der Fürst machte eine kleine Pause, sah in die verängstigten Augen seiner Gefährten und sagte weiter.

„Der Himmel wird aufreißen, die Wälder werden Feuersbrünsten zum Opfer fallen, die Meere und Flüsse austrocknen, die Berge werden auseinanderklaffen und die Gletscher schmelzen. Völlige Finsternis und Eiseskälte werden den Planeten heimsuchen. Da alles Leben zerstört ist, werdet ihr eure Kinder und Frauen niemals wieder sehen. Es wird keinen Frühling und keinen Sommer mehr geben, und kein Morgenrot wird jemals wieder diese Welt beglücken. Der Krieg, der bereits seit mehr als 2000 Jahren zwischen den Menschen und den Dämonen wütet, findet sein apokalyptisches Ende, indem jegliche Existenz von Leben und Liebe auf diesem Planeten ausgelöscht wird, ein für alle Mal und unwiederbringlich."

Er ließ den Kopf leicht nach vorne fallen und wirkte tief bedrückt ob dieser Hoffnungs-losigkeit. Auch seine Hauptmänner und die anderen Krieger seiner Leibgarde, die diese Ausführungen gehört hatten, schwiegen. Sie erkannten, wie hoffnungslos die Situation war. Fürst Rana senkte sein Haupt und große Betroffenheit griff um sich. Mit einem Mal war es auch seinen Kämpfern klar, dass würde keine Schlacht wie die anderen werden. Hier ging es nicht um Ländereien oder Jagdgebiete, um das Vertreiben fremder Eindringlinge aus ihrem Land. Das Schicksal der gesamten Menschheit stand auf des Messers Schneide, es ging um Sein oder Nichtsein auf diesem Himmelskörper. Es ging um Leben und Liebe, um die ganze Schöpfung, um wirklich alles, was zählte in dieser Welt. Stille machte sich breit. Dann war aus der Ferne ein Donnergrollen zu hören, als würde sich ein Gewitter ankündigen. Ganz plötzlich kam Wind auf, und der seit Tagen über ihnen hängende dunkle

Wolkenschleier schien sich allmählich in Bewegung zu setzen. Die einzelnen Wolkenschichten verschoben sich langsam. Durch den stärker werdenden Wind gelangte das leichte, weiche Rauschen der Bäume in der Nähe zu ihnen.

Es war so einmalig und beeindruckend, dass alle nach oben schauten. Es schien so, als wäre es ein himmlischer Atemzug, der die Wolken anhob und sie sich mit jedem Ausatmen langsam auflösten. Die Dunkelheit der Wolken verflog. Der Himmel öffnete sich und die Sterne, vor allem auch der helle Vollmond schickten ein wenig Licht auf diesen Flecken Erde. Nun sollte es tatsächlich eine sternenklare Nacht werden, in der sich die Mächte des Guten und des Bösen gegenüberstanden. Fürst Rana sah in die ängstlichen Gesichter seiner Mitstreiter. Jedem Einzelnen blickte er in die Augen, bis er sich in die Steigbügel stemmte, mit starker Hand seine Axt empor riss und zu ihnen sprach:

„Die Dämonen sollen wissen, dass wir nicht fliehen werden, dass wir uns nicht kampflos ergeben. Wir werden kämpfen und uns mit allen Kräften, die uns zur Verfügung stehen, verteidigen! Ob wir diesen Kampf verlieren oder vielleicht doch aus dieser barbarischen Schlacht überraschend als Sieger hervorgehen, das wird dem unerforschbaren Willen unseres Schöpfers obliegen. Jedenfalls bleibt uns die Hoffnung auf ein himmlisches Wunder, vielleicht angekündigt durch den unerwarteten Wind, die in Bewegung gekommenen Wolken und die über uns leuchtend funkelnden Sterne."

Vom Himmel ergoss sich ein lauwarmer süßlicher Hauch über alle Anwesenden, er schlich sich in die

Reihen der Kämpfer, streichelte ihre Sinne; und der Geist des Fürsten und die Erkenntnis von der Unendlichkeit und Unsterblichkeit des Kosmos erfasste sie, schwebte über ihnen und ließ sie alle Furcht vergessen.

„Ja, kämpfen wir bis zum Ende, lasst uns kämpfen!", rief einer.
„Mehr als diese Bestien fürchte ich eine feindselige, gefühllose und gnadenlose Welt. Lasst uns kämpfen, ich bin bereit zu sterben."

„Ich bin ebenfalls bereit", klang es aus der zweiten Reihe.
Nach und nach hoben die Gefolgsleute ihre Schwerter und signalisierten dem Fürsten ihre Kampfbereitschaft. Ihm zu folgen, wohin auch immer, mit ihm zu kämpfen und auch zu sterben, das war ihre Botschaft. Die Hauptleute und Offiziere um den Fürsten herum waren bereit, in diesen Kampf zu ziehen. Aber wie vermochten sie nur die verängstigten Krieger zu motivieren? Die entmutigenden Beobachtungen und Beurteilungen der Späher waren mittlerweile auch bis zu den einfachen Soldaten vorgedrungen. Die Menge der Krieger war noch immer von Ratlosigkeit, Unruhe und Todesangst gezeichnet, und manch einer wollte fliehen. Da herrschte noch viel Verwirrtheit und Chaos. Mitten im Durcheinander von Rumbrüllen und Tuscheln der Soldaten, begleitet von Pferdegewieher schoss ein Reiter mit seinem Pferd mit ungeheurer Geschwindigkeit den Hang hinauf. Er durchbrach die Reihen der Krieger fast wie ein Geist. Sein Pferd schien die Büsche und das Gras förmlich zu überfliegen. Er galoppierte geradewegs auf die nächste

Erhebung zu. Was die Generäle, Hauptleute und Fürst Rana zu sehen bekamen, war eine Darbietung von perfekter Reitkunst. Der in Rot gekleidete Kämpfer schien mit seinem fuchsroten Pferd förmlich zu verschmelzen. Er schien den Hang geradezu hinaufzufliegen, weshalb sich alle Blicke nur noch auf ihn richteten. Das Schnauben seines Pferdes, das Schlagen der Hufe, das Atmen des Reiters waren deutlich zu vernehmen und brachte die Menge zum Schweigen. Alle Anwesenden verfolgten seinen Ritt ihn mit Spannung. Mühelos durchritt er die Menge, bis die nahe kleine Anhöhe erreicht war. Er riss sein Schwert aus der Scheide, schlug auf seinen Schild und schrie etwas, was im Lärm unterging. Wie ein Lauffeuer ging es durch die Menge:

„Torsen, das ist Torsen."

Hauptmann von Wererloh, an der rechten Seite des Fürsten, erklärte nun:

„Diesen jungen Burschen kenne ich, noch vor einer Stunde habe ich mich mit ihm im Tal unterhalten. Das ist der Rote Reiter, von dem ich euch berichtete. Diesem mutigen und furchtlosen Krieger und seinen Gefolgsleuten habe ich einen Platz an Eurer Seite angeboten. Er aber lehnte in aller Bescheidenheit ab, ohne Euch kränken zu wollen. Seine Kraft und sein Geschick, seine Kunst, das Schwert zu führen, und auch sein Können im Sattel sind einmalig und im ganzen Lager höchst anerkannt."

Der rote Reiter, war noch etwa 20 Schritte vom Pulk, um den Fürsten herum entfernt. Der Fürst hob die Hand; ein Zeichen für alle zu schweigen.

„Sprich mein junger Freund, was hast du uns zu sagen?"

„Mein Fürst..., mein Fürst."

Er ballte eine Faust und presste sie gegen seinen Schild. Seine Worte wurden leiser und verstummten. Seine feurigen Augen blickten hastig umher. Seine Brust bebte, sie schien fast zu platzen vor Kraft und Anspannung. Seine starke Hand schlug mehrmals, als sei sie aus Stahl, gegen seinen Schild. Das donnernde Geräusch war weithin zu hören. Dann ergriff er das Wort. Er schrie es hinaus, und seine Stimme wurde immer klarer und lauter.

„Mein Fürst, unter deines Banners Zeichen stelle ich meine Geschicke!"

Und noch mal schrie er es, noch lauter und stärker als zuvor: Und jedes Wort wurde durch einen Schlag auf seinen Schild bekräftigt.

„Mein Fürst, mein Fürst, unter deines Banners Zeichen stelle ich meine Geschicke!"

Es war still geworden, und alle lauschten den Worten des Roten Reiters. Seine Worte drangen bis zu den weit entfernt stehenden Kriegern, die nun auch die Worte hörten und auf den Fürsten und den Roten Reiter zeigten, die sich direkt gegenüberstanden.

„Mein Fürst, mein Fürst,
unter Deines Banners Zeichen stelle ich meine Geschicke!"

Alle Krieger verstummten, und bald war kein Geräusch, kein Atemzug mehr zu hören. Selbst die Pferde und alle anderen Geschöpfe gaben keinen Laut von sich, alle lauschten aufmerksam den Worten des Roten Reiters. Torsen drehte sein Pferd und setzte mit entschlossener Stimme seine Rede fort:

„Und wenn dies heute mein letzter Tag auf dieser Erde sein sollte, so will ich sie als stolzer Krieger verlassen. Ich werde nicht die Flucht ergreifen, ich werde mich auch niemals ergeben. Ich habe keine Angst, denn mit mir ist das Licht!"

Die Menge verharrte in Schweigen.
Nach einem tiefen Atemzug rief er es wieder hinaus:
„Unter Deines Banners Zeichen stelle ich meine Geschicke! Ich kämpfe für das Licht!
Ich lebe und sterbe für das Licht!"

Den noch vor wenigen Augenblicken ver-ängstigten Krieger fanden neuen Mut und fassten sich ein Herz. Sie besannen sich auf ihre Tugenden, wurden eins miteinander, nickten sich zu und klopften sich gegenseitig auf die Schultern. Manche umarmten sich, andere knieten nieder und streckten ihre Waffen in die Höhe. Ein Ruck ging durch das ganze Heer der Lichtkämpfer. Fürst Rana beobachtete alles ganz genau Er wirkte stolz und traurig zugleich. Weiter unten am Hang warteten Torstens Krieger. Seine rot gewandeten Gefolgsleute von fast 30.000 Mann stimmten mit ein. Sie riefen, nein, sie schrien es lauthals heraus. Von tief unten aus dem Tal der Roten Krieger klang es hinauf.

„Für das Licht!"

„Für das Licht!"

Eine kurze Weile schwieg die übrige Meute. Ein Raunen und Ächzen schwang umher. Dann jedoch, nach und nach, waren Rufe hörbar. Sie wurden lauter und immer deutlicher, schließlich auch aus den hinteren Reihen spür-barer. Immer mehr Krieger stimmten mit ein. Es war den ganzen Berghang hinauf zu hören, von den Seitenhängen des Donnerberges zur Mitte hin, bis auch der letzte Kämpfer aus der Schar der tausende Krieger wie mit einer Stimme diesen Eid zu schwören schien. Fürst Rana und seine zwölf Hauptmänner standen mit ihren Pferden in einer Reihe ihren Kriegern zugewandt. Sie reckten ihre Waffen in den Himmel und schrien es ebenfalls heraus. Im Takt schlugen auch die anderen Gefolgsleute mit ihren Waffen oder den bloßen Händen auf die Schilde oder die Rüstung. Und es erklang ein Kriegsschrei, ein Befehl, ein Bitten, ein Hoffnungsruf. Er erklang in unbeschreiblicher Intensität und Fülle:

„Für das Licht,
für das Licht,
für das Licht ..."

Dieser Ruf wurde immer lauter und intensiver, er erfüllte das Tal, wurde stärker und stärker. Im Widerhall des gegenüberliegenden Berges war sein Echo zu hören. Der Ruf drang hinauf in die Höhe bis zum Himmel, ja, ins Universum. Er besaß eine enorme Kraft und seine Botschaft wurde schließlich von dem Mut dieser Menschen um die ganze Welt getragen. Bereits nach wenigen Augenblicken pulsierenden Rufens war es überall zu vernehmen. Am Nord- und am Südpol, in den Gebirgen und Wüsten.

Ja, dieser Ruf war im gesamten Kosmos zu hören, bis weit ins Erdinnere hinein. Da ging ein Surren und ein eigenartiges, lange Zeit nicht wahrgenommenes Vibrieren und Tönen über die Berge und durch die Täler. Es erreichte die Weltmeere und alle Wolken. Es durchdrang alle Höhen und Tiefen und verlor nichts von seiner energetischen Intensität, von seiner Stärke und Wucht. Bis in die tiefsten Schluchten, die entlegensten Buchten und verschlungensten Fjorde wurde es vernommen. Diese Botschaft stieg hinauf in den Kosmos und wurde von Stern zu Stern getragen. Die Menschen des Lichtes waren bereit, bereit zu kämpfen, selbst ihr Leben zu geben.

Es war der Kampf:
Hell gegen Dunkel,
Liebe gegen Hass,
Freude gegen Wut,
Gut gegen Böse,
Schöpfung gegen Verdammnis,
Licht gegen endlose Finsternis.

Dieser Ruf klang natürlich auch ins Tal zu den Gegnern durch. Die Dämonen ließen die Men-schen gewähren.

„Sollen sie doch um Hilfe flehen, das wird das Letzte sein, was man von diesen erbärmlichen Kriegern des Lichts, wie sie sich nennen, zu hören bekommt."
„Im Todeskampf werden wir euch zeigen, was die wahre Macht der Finsternis leisten kann."
Torsen trieb sein Pferd zu Tale. Unten angelangt, reihten sich seine Reiter in dicht gedrängten Reihen hintereinander. Die Hauptleute sahen dieses Bollwerk.

„Mein Fürst, wer mag nur dieser Kämpfer sein, er ist ein Held."

Der Fürst lächelte, eine Träne rinnt über seine Wange: „So wie dieser Rote Reiter, so sollte mein Thronfolger sein. Diese Tugenden wünschte ich nach meiner Rückkehr bei meinem Sohn zu entdecken, den ich vor vielen Jahren verlassen musste, um diese Monster zu jagen."

Eine unbeschreibliche Energie lag nun über dem ganzen Gebiet, eine Energie, die nur darauf zu warten schien, sich im nächsten Augenblick in einer mächtigen Explosion zu entladen. Nur Minuten oder gar Sekunden dauerte diese gefühlte Ewigkeit, dann war es soweit. In vorderster Front stand man den Dämonen gegenüber: Auge in Auge, der Rote Reiter mit seinem Gefolge. Der Dämonenführer hob die Hand und mit dem Absenken seines Schwertes brachen seine Krieger los, stürmten voran in die Schlacht der Schlachten, aus der die Krieger des Lichtes nie wieder lebend herauskommen sollten. Die Pferde der Roten Reiter preschten voran und attackierten die Reihen der Dämonen. Der Kampf hatte seinen Anfang genommen. Die Heere prallten aufeinander und eine grauenvolle, erbarmungslose Schlacht hatte begonnen. Die Soldaten der Generäle und Hauptleute rückten nach. Das Gemetzel, welches sich da abzeichnete, war unvorstellbar blutrünstig. Nicht nur, dass die Dämonen mit ihren Kriegern die Menschen töteten, nein, sie verstümmelten sie auf grausamste Weise. Manche von ihnen brachen ihnen bei lebendigem Leibe den Brustkorb auseinander, andere rissen ihnen das noch pochende Herz aus dem Körper und bissen hinein. Die Schreie der Opfer waren so entsetzlich, dass sie im ganzen Tal hallten und unter den Lichtkriegern Furcht und Schrecken verbreiteten. Bereits nach einigen Stunden war klar, die Dämonen nahmen keine Gefangenen, es gab nichts als erbarmungsloses Töten. Sie überfielen die Reihen ihrer Gegner mit einer Brutalität und Härte, die nie zuvor auf dieser Welt stattgefunden hatte.

Eine große Reiterschar der Roten konnte die Reihen der Dämonen aber unbeschadet durch-queren. Die, die diesen Teufelsritt geschafft hatten, fielen ihren Gegnern in den Rücken. Noch einmal durchstachen die Roten Reiter die Kämpfer am Boden. Allen voran Torsen. Im wilden Galopp und von einer feindlichen Klinge getroffen, war sein Hemd aufgerissen. Dennoch erahnte man selbst in der Finsternis die Umrisse dieses Reiters. Was aber wesentlich deutlicher, selbst vom Hochplateau vom Standort des Fürsten aus zu sehen war, war das Leuchten und Funkeln eines geheimnisvollen Lichtes, das dieser Reiter um den Hals zu tragen schien. Auch den Generälen fiel diese Helligkeit inmitten des Gewirrs auf. Sie machten den Fürsten auf diesen reinen Lichtstrahl aufmerksam.

„Seht nur mein Fürst, der Rote Reiter er scheint verwundet und doch er trägt ein strahlendes Licht. Er wird es zu uns bringen."

Rana hob die Hand, und sagte:
„Ich habe es bereits gesehen, geahnt habe ich es die ganze Zeit. Er trägt unser Medaillon, es ist das reine Licht der Liebe und der Hoffnung, das getragen wird von diesem jungen Burschen."

Wie ein Speer trieb der Reiter sein Rotes Pferd durch die feindlichen Reihen immer weiter bergauf. Auch die Dämonen erkannten die Kraft und Macht dieses Lichtes ebenso wie die seines Trägers. Sie schickten deshalb etwa 100 Kampfhyänen auf den Weg, um diesen Reiter zu Fall zu bringen und ihm das Licht zu entreißen.

„Holt euch das Licht. Wir müssen es unbedingt haben, er darf uns nicht entkommen", befahl der Anführer der Dämonen Im selben Augenblick lösten sich schleierartige Gestalten, die etwa die Größe eines kleinen Pferdes hatten, vom übrigen Kampfgeschehen. Sie galten als sehr gefährliche blutrünstige und hinterhältige Kreaturen. Der Fürst wie auch seine Hauptleute beobachteten die bergauf galoppierenden und schnell näher kommenden Kampfhyänen und wähnten den Roten Reiter in größter Gefahr.

„Mein Fürst, seht nur, er braucht Hilfe."

„Schnell, sendet meine Leibgarde. Sie müssen den Roten Reiter retten", befahl der Fürst.
Hauptmann von Wererloh erwiderte:

„Mein Fürst, lasst mich mit meinen Reitern losziehen, die Leibgarde sollte unbedingt an eurer Seite bleiben und euch beschützen."

Mit blitzschnellem Griff zog der Fürst sein Schwert aus der Scheide und befehligte seine Leibgarde, den Berg hinabzustürmen.

„Schützt den Roten Reiter, als würdet ihr mich und mein Leben schützen, geschwind."

Erstaunt und doch fest entschlossen, seinem Herrn bedingungslos zu dienen, erteilte der Hauptmann der Leibgarde diesen unfassbaren Befehl. Noch in derselben Sekunde setzte sich die gewaltige Menge von etwa 230 schwer bewaffneten und bestens ausgebildeten Reitern und Kriegern explosionsartig in Bewegung.

Sie trieben ihre Pferde an, galoppierten am Fürsten und den anderen Generälen und Hauptleuten vorbei und stießen talabwärts nach kurzer Zeit stießen sie auf die Hatz. Nur noch wenige Meter trennten Torsen und seine Verfolger. Die Hyänen glaubten ihr Opfer bereits in ihren Klauen. Die Leibgarde teilte sich auf, etwa 80 Mann jagten längs und wollten die Hyänen seitlich angreifen. Der größte Teil der Leibgarde war inzwischen aber bei dem Verfolgten angelangt. Der Rote Reiter sah sich schon fast in den Pranken der Dämonen, als er die herantürmenden Lichtsoldaten sah. In all dem aufgewirbelten Staub und Dreck öffneten sie in ihrer Mitte eine kleine Gasse und ließen den Roten Reiter passieren. Ihrem Ziel, den Roten Reiter und das Lichtamulett zu retten waren sie nun sehr nahe. Dennoch wurde die Leibgarde des Fürsten in einen erbitterten Kampf mit den Hyänen verwickelt. Aber keine dieser Bestien sollte diesen Kampf überleben, alle wurden getötet. Auch viele Kämpfer der Leibgarde bezahlten die Rettung des Lichtes mit ihrem Leben.

In Windeseile kehrten die überlebenden Leib-gardisten zu ihrem Fürsten zurück. Ihr Anführer stoppte blutüberströmt neben den Generälen. Völlig atemlos berichtete er vom Kampf und dem Tod der Verfolger. Dennoch stellte er den Erfolg seiner Mission in Frage.

„Wo ist der Rote Reiter, hat er es geschafft, konnten wir ihn retten?"

„Ja, ihr habt euren Auftrag erfüllt, er drang bis zu uns vor. Nur für einen Augenblick war er beim Fürsten, ganz dicht trieb er sein Pferd neben das des Herrn. Sie schauten sich an, reichten sich die Hand, als würden sie sich schon ewig kennen, ihre Blicke schienen von großer Bewunderung und Respekt getragen."

Diese innige Begegnung schien lange zu währen, doch sie sollte nur wenige Atemzüge dauern. Bereits im nächsten Augenblick wendete Torsen sein Pferd und trieb es weiter bergauf, hinauf bis zur letzten Anhöhe oben auf dem Berg zur Weltenesche Yggdrasil. Diese Esche hatte in den hunderten von Jahren schon vieles erlebt, und es war ihr schon von mancher blutigen Untat berichtet worden. Was sich nun aber vor ihr abspielte, war unbeschreiblich. Sie war wie alle anderen Baum- und Pflanzenwesen fassungslos ob der Brutalität, mit der die Dämonen die Menschen bekämpften. Was viele der Kämpfer um Fürst Rana nicht sehen konnten: Der Rote Reiter ritt um jenen sagenumwobenen Baum, entnahm etwas aus seiner Brusttasche und warf es hinauf in die Äste. Trotz all den Schreien und dem Kampfeslärm konnten der Fürst und einige seiner Hauptleute die Stimme des Roten Reiters vernehmen, und der Fürst wusste um die Bedeutung dieser Worte und der folgenden Tat. Rana umritt die Esche:

„Yggdrasil, großer Geist der Weltenesche, hier und jetzt erbitte ich deine Gunst, wir brauchen deine Hilfe!", rief er eindringlich.
„Erlaube mir, dies von dir zu ersuchen.

Überdies bitte ich dir dieses Amulett anvertrauen zu dürfen. Das Licht der Liebe und der Hoffnung lodert in ihm. Die Dämonen dürfen es nicht besitzen.
Es ist von größter Bedeutung für die Menschen und das Liebe auf diesem Himmelskörper. Ich möchte es dir anvertrauen, bewahre es auf für mich. Wenn es des Schöpfers Wille ist, werde ich kommen, um es wieder mitzunehmen."
Mit einem Ruck riss er sich das Amulett vom Hals und warf es in die Krone der Weltenesche.

Eine letzte Umrundung und schon Sekunden später ritt er bergab und verschwand erneut im Kampfestrubel. Auch bei all dem Schwerter klirren und schauderhaften Todesschreien war es noch immer zu vernehmen. Und es war zu hören, obwohl die Anzahl der Überlebenden kleiner und kleiner wurde. Und immer wieder erklang ihr langsam schwächer werdender Schlachtruf:

„Für das Licht,
für das Licht,
für das Licht ..."

Die Hauptleute, Generäle und der Fürst sahen, was geschah und eine vernichtende Niederlage zeichnete sich immer deutlicher ab. Es schien gewiss zu sein.
Trotz allen Mutes, aller Tapferkeit und Ent-schlossenheit, trotz der wunderbar tapferen Roten Reiter. Diese Auseinandersetzung konnte kaum noch gewonnen werden und es würde nicht Wochen, ja nicht einmal Tage dauern. Wenn kein Wunder mehr geschah, würde keiner der Lichtkämpfer je den nächsten Sonnenaufgang erleben. Ja, es würde nach dieser grauenvollen Niederlage niemals mehr

überhaupt einen Sonnenaufgang für diesen Planeten geben. Denn die Dämonen fürchteten die Helligkeit der Sonne, darum war Eile geboten. Als der Fürst die Niederlage nahen sah, stieg er von seinem Pferd.

Sofort taten es ihm seine treuesten Gefährten gleich. Sie versammelten sich um ihn herum und erwarteten, erhofften neue Anweisungen, wie die Heere aufgestellt werden sollten, um die Dämonen eventuell doch noch in Schach halten oder gar besiegen zu können. Zu ihrer Verwunderung kniete der Fürst nun nieder, legte seine Faust auf sein Herz und begann ein Gebet zu sprechen, erst sehr leise, dann jedoch immer lauter und deutlicher. Und weil seine Freunde absoluten Gehorsam und Treue geschworen hatten, hinterfragten sie sein Tun nicht, sondern knieten ebenfalls in einem Kreis um ihn herum nieder. Auch sie sprachen die Gebete ihrer Väter und Mütter:

„Herr, sei bitte bei uns. Wir werden kämpfen bis zum letzten Atemzug. Denn es geht um die Zukunft des ganzen Universums. Herr, sei mit uns."

Zunächst eher zögerlich und etwas verunsichert, dann aber vereinten sich ihre Stimmen mit der des Fürsten. Danach waren die weithin bekannten Gebete ihrer Sprache zu vernehmen. Schon bald aber ließ der Fürst den Kopf sinken, seine Körperspannung ließ nach und Augenblicke später versank Fürst Rana in einer Art Trance. Die anderen Betenden taten es ihm nach und konnten offensichtlich eine geistige Verbindung zu ihrem Fürsten aufnehmen. Ohne eigenen Willen sprachen sie die ihnen unbekannte Sprache des Fürsten. Mit jedem Wort wurde ihre Aussprache jedoch undeutlicher. Das Gesprochene glitt in ein Geraune und war schließlich nicht mehr zu verstehen.

Die Gefährten verstanden ihre eigenen Worte nicht. Vielmehr kamen von ihren Lippen seltsame nie gehörte Laute in einer fremden Sprache, ein Mundgeplapper, das niemand verstehen konnte.

Andererseits vereinte all diese Männer nach kurzer Zeit ein geheimnisvolles Lichtgeflecht. Aus ihrer Mitte heraus strahlte deutlich sichtbar ein heller Glanz. Es breitete sich weiter aus und legte sich wie ein sanftes Band schützend um diese Männer. Wie eingehüllt in eine große leuchtende Kugel, schienen die Betenden von diesem lichten Schein umschlungen und geborgen.

Ihr Sprechen wurde wieder lauter und gewann an Nachdruck, weil es wie aus einem Munde klang. Gleichzeitig verstummten die Schreie der Menschen und der Lärm ihrer Waffen. Weitere Soldaten eilten herbei und beschützten den Kreis des Fürsten und der anderen Betenden. Es waren etwa 200 Krieger, größtenteils die Überlebenden der Leibgarde des Fürsten, die in mehreren Reihen einen Schutzwall bildeten. Die innerste Reihe schützte die betende Gruppe mit ihren aufgestellten Speeren und Schilden. Eine weitere Einheit richtet ihre Sperre nach außen. Die knienden Bogenschützen bildeten die äußerste Linie und waren den Angreifer entgegen gewandt.

Keiner der Soldaten verstand die Worte, die aus dem mittlerweile taghellen Kreisinnern zu ihnen drangen. Niemand wunderte sich über diese Dinge, wussten sie doch von den unglaublichen, schier übermenschlichen Kräften des Fürsten, sich in andere, fremde Welten zu begeben. Da war ein Gebet entstanden, so harmonisch, melodisch und wohlklingend wie ein Gesang. Es wurde aus ihrer Mitte wie auf einem Lichtstrahl dahinschwebend himmelwärts in die Welt getragen.

Ein beinahe absurdes Szenario. Dort die sterbenden Kämpfer, hier die Betenden. Und in ihren Gedanken baten sie die ganze Welt um Hilfe. Hilfe nicht für sich selbst oder ihre Kämpfer, nicht für ihre Frauen und Kinder, für ihre Tiere, nein, sie baten um Hilfe einzig und allein für die Liebe und das Licht, für ein friedvolles Morgen auf dieser Welt. Diese Botschaft wurde hinausgetragen. Immer wieder wurden Gebete gesprochen, Hilfe, Unterstützung und Beistand erbeten. Es wurden die mythischen Gestalten, Seher und Fürsten von einst angerufen und auch um deren Hilfe gebeten. Iris und Rhiannons Gottgeist wurden beschworen. Denn es muss gelingen, eine Wende in diesem Kampf herbei zu führen. Die Gebete, ihre Worte waren jetzt wieder verständlicher. Vor allem war die feste Stimme des Fürsten deutlich zu hören:

>"Seid unbetrübt.
>Wenn der Sonnenaufgang naht,
>der Schatten lang,
>ist alles gleich,
>alle Schuld erlassen.
>
>Fürchtet euch nicht!
>Greift und haltet sie ganz fest
>die ausgestreckte Hand,
>sie wird uns führen zum hellen Morgen.
>
>Seid unbetrübt
>und freuet euch mit Ihm,
>unserem Schöpfer"

Es folgte eine tiefe Verneigung und alle küssten die Erde. Sollte es je auch nur den Hauch einer Chance geben, so wusste der Fürst um die Kraft der von ihm gerufenen Mächte. Auch der Rote Reiter war einst als Jüngling von seinem Vater in die Geheimnisse jener Kräfte eingeweiht worden. Die engsten Vertrauten um Fürst Rana richteten sich auf. Sie sahen sich tief entschlossen in die Augen und sprangen auf ihre Pferde. Ihre Hände griffen zu den Schwertern, Äxten und Schilden. Sie wollten sie niemals wieder los lassen. Dann rissen sie ihre Pferde herum und trieben sie geradewegs ins größte Kampfgewirr. Einer Walze gleich preschten die schwer bewaffneten Kämpfer durch die feindlichen Reihen und schlugen eine breite Schneise. Ihr schneller Ritt, begleitet von lautem Kampf-geschrei, beflügelte die anderen Krieger, und der Kampfesmut flammte noch einmal auf:

„Für das Licht,
für das Licht,
für das Licht ...“

Die Dämonen zeigten sich ob der Geschehnisse auf dem Berg verwirrt. Sie fürchteten nichts mehr als das Licht und ahnten, dass sie rasch handelt mussten.
Das gleißende Licht um den Fürsten zeigte seine ersten Auswirkungen. Die Verunsicherung hielt jedoch nur kurz Zeit, dann kämpften sie noch ungestümer und brutaler. Die Schlacht schien sich dem unausweichlich schrecklichen Ende zu nähern. Denn die Reihen der Lichtkämpfer lichteten sich. Auch viele ihrer Anführer, Generäle und Hauptleute fielen den Angriffen zum Opfer. Der Fürst wurde noch immer von etwa 40 seiner Leibgardisten und den überlebenden Generälen beschützet, als eine Horde von etwa 200 Kriegern der Finsternis die kleine Gruppe stellte und sie in einen erbarmungslosen Kampf verwickelte. Keiner seiner Getreuen sollte

überleben und Fürst Rana musste mit ansehen, wie seine Leute nach und nach elendig starben. Der Fürst war mit Absicht verschont worden. Es gab nur noch wenige Überlebende in den Reihen der Lichtkrieger. Der Kampf schien beendet.

Zeitgleich wurde der Fürst von mehreren Pfeilen in der Brust und im Rücken getroffen. Sein Pferd war ebenfalls unter Beschuss genommen worden und stürzte. Der Fürst war unter seinem Pferd eingeklemmt, und so war es für die Krieger der Finsternis ein Leichtes, den Anführer der Lichtmenschen regelrecht hinzurichten, indem sie ihm und seinem Pferd brutal den Kopf abschlugen. Auf Lanzen aufgespießt, trugen sie die Trophäen übers Schlachtfeld. Mit diesem Triumph der Dämonen schien das Ende der Lichtkämpfer besiegelt. Die letzten noch kämpfenden Gefolgsleute des Fürsten verloren jeglichen Mut, alle Kraft und Zuversicht. Hoffnungslosigkeit machte sich breit. Blutlachen tränkten den Hang. Aus den vielen Kampfplätzen der letzten Stunden rann ein zähflüssiger warmer Strom von Menschenblut, angefüllt mit abgetrennten, herausgerissen Körperteilen, einer Mure gleich, hinab ins Tal. Es waren unvorstellbare Massen und gewaltige Mengen die sich hier zu einem Bach vereinten. Ein unerträglicher Geruch von Leichendunst erfüllte die Luft. Kein einziger Mensch sollte dieses Schachfeld lebend verlassen.

Eine Gruppe der Bestien ging umher und vernichten auch das letzte Lebenszeichen. Dennoch gab es unter den Lichtkriegern noch immer überlebende. Siegessicher und berauscht vom Blut ihrer Gegner begannen die Dämonen ihren Sieg zu feiern. Unterdessen erreichte das gesprochene Gebet des mittlerweile getöteten Fürsten, vom Südwind getragen, die Grenzen des Kosmos. Es war im nun ganzen Universum zu vernehmen.

Selbst dem Schöpfer, der stets alles beobachtet, blieb dies nicht verborgen. Er erkannte die Not, in der sich die Menschen befanden, Er erkannte, dass die Menschenkinder für die Welt, für das Licht, die Liebe und den nächsten Sonnenaufgang kämpften und starben. Deshalb beschloss er trotz all seiner Bedenken wegen der vielen in der Vergangenheit durch Menschen verursachten Enttäuschungen, trotz seines Gelübdes, sich nicht in menschliche Belange einzumischen, in diesem Falle den Lichtmenschen zur Seite zu stehen.

Er erhob sein Antlitz und seine Stimme:

„Für die Liebe und das Licht sei es euch gewährt. Obgleich schon der letzte der Menschen sein Leben gegeben hat, werde ich helfen."

Dem Ruf des Herrn folgend schwebten die Mächte des Himmels herbei.

Sie kamen aus allen Richtungen, aus dem Norden und dem Süden, aus dem Osten und dem Westen, aus den höchsten Höhen und den entlegensten Tiefen.

Nereus, Phorkys und Keto, Hades, Demeter und Hera mit ihrem zahllosen Gefolge.

Kassandra, die Seherin,

Ödipus, der mythische König,

Gaia, die Erdgöttin, wie auch Lugus,

Nuuda mit dem unbesiegbaren Schwert,

Danaan und Orma,

die Baculariae und die Herbariae.

Die Schamanen längst vergangener Epochen besannen sich und machten sich ebenfalls auf.

Sie wollten ihre kosmischen Kräfte und Künsten mit einbringen in diesen Kampf.

Getragen von einer Böe strömte ein Hauch von warmem lieblichem Duft über das Schlachtfeld und ergoss sich über die regungslosen Leiber der Kämpfer. Diese sanfte Energie umhüllte sie. Und der Geist des Fürsten mit dem Wissen um die Unendlichkeit der Liebe, in die er mit seinem Gebet eingetaucht war, legte sich über das Schlachtfeld und die Lichtkämpfer. Es schien, als schwebe er über ihnen.

Die Schaar der gerufenen Gefährten wurde immer gewaltiger.

Aus dem fernen Abendland und dem Land der aufgehenden Sonne eilten die Fähigsten zur Hilfe.

Der große Zauberer Myrddins mit seinen Schülern, Rhiannon, Ceridwen, Lug und seine Anhänger Taranis, Cernunnos, Beltane und die Hagazussa. Es kamen Kelten und Gallier, die frühen Weisen der Bretagne, Menschen aus Cornwall, Wales und Irland, Schotten und Germanen. Selbst der Magier und Alchemist Giordano Bruno wollte helfen.

Auch die Ureinwohner ferner Kontinente hörten die Hilferufe vom anderen Ende der Welt. Ihre Stammesältesten und Weisen kamen zusammen und besprachen am Lagerfeuer, ob und wie sie helfen könnten. Es wurde nicht viel gesprochen, denn in diesen Kulturen war man in der Lage, auch ohne viele Worte mental durch die Verschmelzung der Gedanken zu kommunizier-en.

Aber das, was gesagt, gedacht wurde offenbarte tiefe Übereinstimmung. Ein besonderes Ritual war, dass sich alle Teilnehmer der Konferenz zu Beginn die

Pfeife ihrer Großväter anzündeten. Diese ehrwürdige Pfeife, deren Rauch schon viele Entscheidungen mitgetragen und getroffen hatte, wurde durch die Runde gereicht. Dabei murmelte jeder der Gefährten einige Worte vor sich hin. Nach einer Weile erhob sich der Älteste, der schon eine geraume Zeit die Pfeife in den Händen gehalten hatte, und sprach:

„Hört, was wir beschlossen haben. Seit Generationen leben wir im Einklang mit der Natur, tief verwurzelt in unseren Jahresrhythmen. Wir verstehen und verhalten uns stets als Teil des Ganzen. Unser Bestreben ist immer darauf ausgerichtet, weder der Pflanzen- oder Tierwelt noch den Menschen Schaden zuzufügen. Wissen wir doch um die Bedeutung des großen Geistes, der in allen Dingen wohnt. Wir können aus ethischen Gründen selbst nicht an diesem Kampf teilnehmen, da er die Vernichtung von Leben mit sich bringt. Wir werden euch aber Wesen aus der Ahnenzeit schicken, die selbst entscheiden können, ob und in welcher Form sie tätig werden wollen."

Nach diesen Worten ließ sich der Älteste wieder am Feuer nieder und reichte die Pfeife weiter. Wenige Zeit später war am Horizont eine dunkle Geheimnisvolle Wolke sichtbar. Sie schien riesig und in sich pechschwarz. Mit ungeheurer Geschwindigkeit und ungewöhnlichen Geräusch-en näherte sich dieser Himmelsbote wie ein dichter, undurchdringlicher Nebel. Erst allmählich wurde die wahre Größe der finsteren Wolke ersichtlich. Denn sie füllte den halben Horizont aus. Nicht nur die Kämpfer des Lichtes, auch die Dämonen waren auf dieses Gebilde aufmerksam geworden. Die unheimliche Wolke schien einige Zeit über dem Schlachtfeld zu verharren. Trotz all dem Klirren der Schwerter und den Schreien der Krieger war ein Surren und Flattern hörbar. Es schien so, als kämen die Geräusche genau aus dieser Wolke. Es dauerte nicht lange, bis sie sich mit hoher Geschwindigkeit noch weiter ausbreitete und in die Tiefe direkt über das Gemetzel senkte.

Die Dämonen bemerkten, dass etwas nicht stimmte. Bis vor kurzem wähnten sie doch als Sieger und glaubten die Schlacht sei beendet. Nun aber blickten sie verunsichert zu Himmel und sahen etwas Rätselhaftes auf sie zu kommen. Ihr Anführer grunzte und schrie so laut, dass alle Dämonen erschraken.

„Es ist noch nicht vorbei, die Menschen erhalten Unterstützung, was auch immer es sei, tötet es.“

Plötzlich stürzten sich Milliarden von handgroßen Heuschrecken in die Reihen der Dämonen. Sie irritierten diese Bestien, sodass sie teilweise ihre Orientierung verloren. Dabei griffen die Heuschrecken nicht aktiv in das Gefecht ein. Mit ihrer Gegenwart an dieser Auseinandersetzung irritierten und beunruhigten sie die Dämonen. Der Angriff der Heuschrecken dauerte eine ganze Weile. Nach und nach formierten sie sich wieder zu einer Wolke, stiegen empor um im nächsten Augenblick noch einmal die Dämonen zu umschwirren. Die überlebenden Kämpfer des Lichtes nutzten diese Gelegenheit und sammelten sich etwas abseits des Schlachtfeldes auf einem Hügel. Die gewaltigen Bäume auf diesem Hügel konnten beim nächsten Angriff als Rückenschutz dienen. Zudem war ein Überrennen durch die Dämonen hier unmöglich.

Die tapferen Lichtkrieger ahnten nicht, wer diese ihnen zu Hilfe eilenden Wesen waren und wer sie beauftragt hatte. Dennoch war klar, dass sie ihren Teil zu diesem Kampf entscheidend beigetragen würden.

Obwohl der Fürst nicht mehr am Leben war, sein Hilferuf, seien Bitten und Gebete waren noch immer gegenwärtig und gelangten selbst über die Weltmeere bis hin zu den Ureinwohnern in die entferntesten Länder des Planeten. Auch hier wurde die Botschaft mit der dringenden Bitte um Mithilfe gehört. Da dieser Hilferuf zeitgleich die Gedanken aller Häuptlinge und Stammesältesten erreicht hatte, nahmen diese umgehend Verbindungen zueinander auf.

Trotz der verschiedenen Sprachen und der großen Entfernungen der Stämme war schnell war eine gemeinsame Mundart gefunden, in der sie sich verständigen konnten. Schon nach wenigen Augenblicken des Gedankenaustausches war klar, dass von ihren Stammesbrüdern niemand an diesem Kampf teilnehmen sollte. Denn auch sie und ihre Sippen waren in den vergangenen Jahren immer wieder von Truppen der Dämonen überfallen und angegriffen worden. Dabei hatten sie schwere Niederlagen und große Verluste hinnehmen müssen. Für den Fortbestand des Stammes und der verschiedenen Gruppen war es von größter Wichtigkeit, dass die Sippe keine weiteren Verluste hinnehmen konnte. Aus diesem Grunde war eine Teilnahme an der Schlacht der Schlachten völlig ausgeschlossen.

Auch wussten sie, dass Splittergruppen der Dämonen die nicht an der großen Schlacht gegen die Lichtkrieger teil genommen hatten, im nächsten Tal lauerten und nur auf eine günstige Gelegenheit warteten, um erneut zuschlagen zu können.

Selbst wenn sie hätten kämpfen wollen, ihre Dörfer, ihre Frauen und Kinder konnten sie keinesfalls dem sicheren Tod ausliefern. Letztlich hätte das die Zustimmung zur Auslöschung ihres ganzen Volkes bedeutet. Der Tragweite dieses Hilferufes bewusst, sollte eine Bitte an die Große Allianz formuliert und gesprochen werden, damit auch sie ihren indirekten Teil zu diesem alles entscheidenden Kampf beitragen konnten. Zeitgleich nahmen die Häuptlinge Verbindung zum Großen Geist der Bisonherden auf und baten um Hilfe. In Anbetracht der Tragweite dieser Auseinandersetzung mit den Dämonenkriegern, beschloss der Große Geist Hilfe zu leisten.

Nachdem sich die Riesenheuschrecken vom Schlachtfeld entfernt hatten, nahm der Kampf weiter seinen Verlauf. Die Dämonen hatten ihre Verunsicherung überwunden und die letzten Lichtkrieger ausgemacht Der Anführer gab den Befehl dies Gruppe zu töten. Als sich die Dämonen näherten erschien erneut eine dunkle Wolke am Horizont. „Seht nur", rief einer der Krieger, „die Heuschrecken kommen zurück, um uns weiter zur Seite zu stehen."
Auffallend war allerdings, dass sich die schwarze Wolke nicht vom Himmel her annäherte, sondern direkt übers Land zu ziehen schien. Sie presste sich durchs Tal und der aufgewirbelte Staub verschlang alles in ihrer Umgebung. Die Dämonen wendeten sich von den Lichtkrieger ab und bereiteten sich mit donnerndem Gestampfe und Geschrei auf den nächsten Angriff vor. Nach und nach näherte sich in dichtem aufgewirbelten Staub eine ungeheure Masse den Dämonen.
Diese gewaltige Maße mit ihrem tosenden Lärm der immer näher kam, entstand durch eine emens große

Bisonherde. Die wild heranbrechenden Herde war von nichts und niemand auf zu halten. Sie überrannte die Stellungen der Dämonen und fügte ihnen empfindliche Verluste zu. Noch nicht am Ende des Lagers der Dämonen angelangt, machte sie wie auf ein Kommando kehrt und rannte erneut mit unbeschreiblichem Gedröhne und ihrer gewaltigen Körpermaße durch die Reihen der feindlichen Kämpfer. Der Anführer der Dämonen konnte sich diese Wende im Kampf gegen die Menschen nicht erklären. Auch er glaubte die Schlacht sei gewonnen, nun aber sah er sich Gegnern gegenüber gegen die seine Kämpfer wenig ausrichten konnten. Natürlich hatten die Dämonen mit ihren Schwertern und Lanzen zahlreiche Biesende getötete. Aber die Verluste unter den Bestien war enorm.

Der Anführer ahnte das dies noch nicht das Ende war. Seine Befehle waren eindeutig.

„Sammelt euch und bildet einen Kreis. Um die Menschen kümmern wir uns später."

Eine ungeheure Anzahl an Dämonen sammelten sich auf den Wiesen. So entstand eine gewaltige Trotzburg aus Leibern, bewaffnet bis unter die Zähne. Sie verharrten. Selbst aus weit entfernten Erdteilen machten sich Gottheiten, Träger der Weisheit und Hüter der Erde, Heilige und Schutzgeister auf den Weg. Ihnen zur Seite standen die Geister und Götter mit der Erkenntnis der fünften und sechsten Dimension des Kontinuums, die Seelen der großen Druiden und Ranas Vorfahren. Selbst heute noch nicht geborene Kinder und deren Kindeskinder nachten sich auf den Weg. All diese Mächte stellten sich für diese Sache zur Verfügung. Sie waren bereit, ihr Leben zu geben im Kampf für jene grenzenlose kosmische Sphäre, die alle lebendigen Wesen in einem ewigen Frieden, erfüllt von der Liebe des gesamten Universums, verband. Die Bäume riefen die Kräfte des Windes, des Feuers, der Erde und des Wassers. Alle Wolken und Himmelsmächte aus dem Jenseits sollten herbeieilen und ihre Hilfe anpreisen. Die Fürsten und Feldherren, die Könige und Kaiser, die Magier und Medizinmänner, Seherinnen und Ahnenpriester wurden angefleht. Sie alle reichten sich die Hand und legten einen geflochtenen metaphysischen Sonnengürtel um das gesamte Schlachtgelände. Der Sonnengürtel legte sich um die Kämpfer des Lichtes und jeder Einzelne spürte die helfende Hand, alle fühlten die Herzenswärme und die bedingungslose Liebe, die sie durchflutete. So entstanden neue, nie erlebte Kräfte, die sich die Lichtkämpfer zunutze machen konnten. Ihre Schwerter, getragen von Mächten, an die sie fest glaubten. Ihre Waffen wurden leicht wie Federn, aber messerscharf. Mit der Zunahme ihrer Stärke und dem hellen Licht, das nun alles umgab wurden die Dämonen schwächer. Die Kämpfer des Lichtes wurden stärker. Die Dämonen sahen sich doch bereit als Sieger, nun aber überkam sie Furcht ob der ungeheuren Gegenwehr und den unerklärlichen Dingen. Sollte sich der Ausgang des Kampfes doch noch einmal wenden?

Ihr Abführer mahnte zur Ruhe.

„Bleibt dicht zusammen, den nächsten Angriff werden wir abwehren."

Vom weit entfernten Berg Etschwar waren ungewöhnliche Geräusche zu hören. Steine und Geröll schien sich zu lösen. Anfangs waren es nur wenige, kleinerer Stücke. Doch schon nach kurzer Zeit schien der ganze Berg in Bewegung geraten zu sein. Ein Erdbeben musste der Auslöser sein. Gewaltige Felsbrocken schlugen mit großer Wucht auf den im Tal befindliche Gletscher. Immer wieder lösten sich Gesteinsschichten und brachen Steinlawinen los. Durch die starken Aufschläge und die gewaltigen Erschütterungen wurden auch die in den Gletschern schlafenden Geister und Mächte geweckt und es sollte nicht lange dauern, bis sie erkannten warum sie so plötzlich geweckt wurden. Sie erkannten, dass ihre Hilfe dringend gebraucht wurde. Aufgeschreckt erwachten sie und mit lautem Getöse lösten sie sich vom Permafrostboden und begannen zunächst gemächlich, dann aber immer hastiger talabwärts zu rutschen. Zu ihnen gesellten sich zahlreiche Bergflüsse, auf denen die wässriger werdenden Eismassen immer schneller in Fahrt kamen. Schon nach wenigen Momenten hatten sie die Ausmaße einer alles verschling-enden Monsterwelle erreicht, die sich über Hügel und durch kleine Schluchten wälzte und riesige Moränen mit hinab ins Tal riss. Sie wuchs unaufhörlich und war begleitet von einem so beängstigenden, von Kraft und Energie strotzenden Dröhnen, dass selbst die Dämonen sich zu fürchten begannen. Den vom Osten her nachrückenden Kriegern der Finsternis blieb nicht einmal Zeit dies zu begreifen, geschweige denn zu flüchten. In einem Seitental erfasste die Welle zahlreiche Dämonenkrieger und begrub sie für immer unter sich. Es gab kein Entrinnen.

Auch der Gott der Meere erfuhr, was geschah. Er erhob er sich und sprach:

„Ich, Poseidon, der Herr der Meere, werde euch mit meinem Gefolge zur Seite stehen, euer Kampf wird auch der unsere sein. Wir fügen uns in unser Schicksal und folgen dem Ruf des Schöpfers des Lichtes. So soll dies auch unser Kampf sein. Nun ist es an der Zeit, dass wir uns das zurückholen, was uns ohnehin schon immer gehörte. Wir werden diesen Scheusalen und Bestien eine Lehre erteilen, die sie zur Besinnung bringt. Sie werden erkennen und einlenken, und wenn nicht, so soll es ihr Ende sein! Ich schick meine Gefährten.

Lasset sie stürmen! Wir werden sie Stück für Stück verschlingen!

Stürmet vorwärts! Stürmet!"

Ein fast sehnsüchtig klingendes leichtes Grollen des Meeres löste im mittleren Ozean Atlantis eine riesige Wassermulde aus, die mit ihren steil abfallenden Seitenwänden in der Mitte fast bis zum Meeresboden reichte. Die Vertiefung und die ungeheuren Wassermengen, die hier am Werk waren, erzeugten eine atemberaubende Wucht von nie gesehenen Ausmaßen. Eine wasserfreie gigantische Fläche entstand, die die Ausmaße eines ganzen Kontinents zu haben schien. Im nächsten Augenblick brachen die Seitenwände mit tosendem, krachendem Donnerschlag in sich zusammen und aus ihrem Zentrum wälzte sich eine gigantische Springflut. Die Wassermassen drehten sich mit ungeheurer Geschwindigkeit zu einer Spirale, schraubten sich nach oben, dem Himmel entgegen, um sich im nächsten Augenblick über Berge und Täler hinweg dem Kampfplatz der Entscheidungs-schlacht zu nähern.

Aus der Gischt-walze entsprangen weitere Kämpfer, die den Dämonen ebenbürtig oder sogar weit überlegen waren. Es waren Geschöpfe gekommen, die seit Beginn der Zeit diesen Planeten besiedelt hatten, um diesen Kampf der Kämpfe zu führen. Sie ritten auf dem Wellenkamm und die Brandung trieb sie in rasendem Tempo voran. Selbst Poseidon ritt mit ihnen. Umringt von zahlreichen Kämpfern feuerte er sie an: „Viele von uns werden von dannen gehen, doch der Herr wird euch einen erhabenen, ehrwürdigen Empfang bereiten."

Ein Raunen ging durch diese Kämpfer. All diese Kreaturen glaubten an die Unsterblichkeit der Lichtwesen. Sie würden zu einem neuen Leben gelangen, im Kampf für das Eine.

„Glaubt mir, wir kämpfen für unsere Welt des Guten, für das ewige Licht, für unseren Gott und Herrn."

„Unsere Stärken sind die Zeit und die Gemeinschaft. Die Zeit existiert für uns nicht und in der Gemeinschaft sind wir von nichts und niemandem aufzuhalten. Selbst unsere noch schlummernden Verwandten vom Nord- und vom Südpol kommen uns zu Hilfe. Ihre Bewahrer und Beschützer führen sie in diesen Kampf. Wir werden uns mit den Winden vereinen und eine nie gekannte Einheit erlangen."

Auf der Spitze des ewigen Nordeises war im düster flimmernden Schein der Nordlichter der Schamane Angaanq zu erahnen. Er riss sich die Robbenfelle vom Leib, streckte die Arme zum Himmel und verfiel in ein Klage- und Bittlied. Noch während seines Gebetes zog ein Gewitter gewaltigen Ausmaßes auf. Blitz und Donner folgten in rascher Folge und es ergoss sich ein warmer Schauer über das Land und das ewige Eis.

Angaanq packte seinen Stab mit beiden Händen, ließ Blitz und Donner hindurchjagen und stach mit dem rot glühenden Feuerstab immer wieder auf den Boden vor seinen Füßen, bis nach und nach aus dem kleinen Loch ein mächtiger Riss wurde. Durch die Gewalt und die Kraft des Feuerstabes, den begleitenden Gesang sowie sein heftiges, immer schneller werdendes Schlagen wurde der Riss zu einer tiefen Furche, diese zur riesigen Spalte. Es entstand ein tiefer Graben direkt vor seinen Füßen. Mit einem letzten starken Hieb und einem machtvollen Schrei, der die Gegenwart erfüllte, löste sich im nächsten Moment eine gewaltige Scholle. Sie war so groß und so hoch wie der höchste Berg und schlug mit unsäglicher Wucht hernieder ins Meer. Die Scholle trieb eine Eiswelle von gewaltigem Ausmaß vor sich her. Die beiden Elemente vereinten sich und näherten sich mit unglaublicher Geschwindigkeit dem Platz der Entscheidung. Mit jeder zurückgelegten Strecke gesellten sich weitere Kämpfer und Elemente zu ihnen. Die so entstehende Ganzheit, dieser Strang wurde von Sekunde zu Sekunde fester und stärker. So geschah es, dass sich irdische und kosmische Materie, Kreaturen und Geister in vielfältigsten Formen und Dimensionen zu einem Bündnis der Stärke vereinigten. Geist, Seele und Körper verschmolzen zu einer Einheit. Von Westen her näherten sich weitere Verbände der Finsternis mit verbündeten Splittergruppen dem blutgetränkten Schlachtfeld. Die abtrünnigen Stämme dieser Gruppen hatten sich seit geraumer Zeit auf die Schattenseite der Dämonen gestellt. Ihre Aufgabe war es, die Lichtkrieger aus einem Hinterhalt heraus aus den eigenen Reihen anzugreifen und sie dadurch erheblich zu schwächen.

Sie hielten sich bereits seit Tagen in den unterirdischen Höhlen im Westen versteckt. Nun war der Zeitpunkt ihres Angriffs gekommen. Anfangs schlichen sie sich noch fast lautlos heran. Als sie jedoch die Todesschreie der Kämpfer um Rana in dem Gemetzel vernahmen, gab es kein Halten mehr. Sie stürmten durch die Talenge und wollten den Hang von der inzwischen ungeschützten Seite her erklimmen um ihren Mitstreitern zu helfen die letzten der Lichtkrieger zu töten.

Es war eine Heerschar von etwa 20.000 Kriegern, bereit, sich an ihren Opfern zu vergehen. Sie ahnten nicht, dass sie alle von tosenden eiskalten Wassermassen, die sich mit unglaublicher Geschwindigkeit ihren Weg durch das Tal bahnten, bevor sie das Schlachtfeld erreichen konnten in nur wenigen Augenblicken verschlungen würden. Die Wassermassen waren nicht zu stoppen und so verschlangen sie auch die meisten der Dämonen samt ihrem Anführer. Der Verlust ihres Anführers raubte ihnen jegliche Planung und Orientierung. Vereinzelt rannten sie los um gegen die Menschen zu kämpfen. Für die Menschen war es einfach diese Angreifer ab zu wehren. Panische Hilfeschreie im Kampf um Leben und Tod, Elend und unerträgliche Schmerzen, Verwüstung und blankes Entsetzen. Aber der Kampf näherte sich seinem unerwarteten Ende.

Auf dem Schlachtfeld nahm das Schicksal seine ungeahnte Wendung. Dieser Kampf war noch nicht zu Ende. Das Licht und die Liebe erhielten völlig überraschend noch eine Chance. Die Krieger des Lichtes erkannten, dass die Dämonen erhebliche Verluste hin nehmen mussten. Nun war ihr letzter Kampfeswille gefragt. Sie ermutigten sich gegenseitig und ergriffen noch einmal die Waffen. Die geglaubte Niederlage wisch Dank der herbeigeeilten Helfer dem Sieg.

Den schmerzverzerrten Gesichtern war ab zu lesen, dass mit den letzten Atemzügen der Dämonen jedes

Anzeichen von ihrem abscheulichen blutrünstigen Leben verstummen würde.

Die Schlacht war geschlagen. Es gab eine Unzahl von Verletzen und Toten. Die Menschen mussten in dieser Auseinander-setzung einen sehr hohen Preis zahlen, den es waren nur noch wenige die lebten.

Stille war eingezogen, lag nach all den Gräueln und Gemetzeln über der Welt, Totenstille.

Alles Leben schien ausgehaucht.

Noch immer herrschte Dunkelheit. Die kleinen Feuer waren längt erloschen und durch den dichten Rauch und Qualm der über allem lag, drang auch kein Schimmer des Mondlichtes auf die Erde.

Dunst, Rauch und ein Nebel, wie vom Tode gezeichnet, beherrschten die Atmosphäre. Das gesamte Ausmaß dieses Gemetzels, dieses unsäglichen Blutbades war zu erahnen. Ein riesiges Schlachtfeld, übersät mit Tausenden von Toten, leblosen Körpern, Leichenteilen, die in Bächen aus Blut schwammen. Außer den wenigen auf der Anhöhe, schien kein Mensch überlebt zu haben. Hoch oben auf dem Berg stand die Weltenesche Yggdrasil. Sie hatte alles miterleben müssen. In einem ihrer niedrigen ausgebrannten Äste baumelte ein kleines, hell leuchtendes, funkelndes, Juwel. Es war das Amulett des Roten Reiters, das Amulett von Fürst Rana, das er beim Abschied vor vielen Jahren seinem Sohn um den Hals gehängt hatte. Es war also das Amulett der fürstlichen Familie, welches Yggdrasil von Torsen zur Aufbewahrung erhalten hatte.

Es kreiste und schaukelte im lauen Winde. Und mit seiner Fähigkeit, die wahre Liebe zu erkennen, lockte es die ersten Sonnenstrahlen vom Himmel. Es reflektierte die Strahlen in den Schleier aus Wolken und Dunst in alle Himmelsrichtungen. Und nach und nach brachten diese Strahlen ein wenig Helligkeit ins Land. Dadurch ermutigt und scheinbar wie gerufen, versuchte die Sonne weitere Strahlen von Osten herüber zur Esche zu senden.

Ein weiterer kleiner Funken brachte etwas Licht in die Dunkelheit. Was sanft begonnen hatte, verstärkte sich mit der Zeit. Immer mehr Sonnenstrahlen erhellten das Land. Der letzte Kampf, Licht gegen Dunkelheit schien gewonnen.

Das Amulett hatte all seine Kraft entfacht und das Licht zusehends vermehrt. Bald begann es strahlend zu leuchten. Die aufgehende Sonne schickte immer mehr Strahlen von Helligkeit. Der dämmernde Tag und die aufsteigende Wärme vertrieben den immer noch über der Landschaft liegenden Nebel. Die Sonnenstrahlen durchdrangen schließlich alles. Sie trafen in spitzem Winkel am Fuße der Weltesche Yggdrasil auf den Boden. Wie durch Zauberhand erwärmte sich dieser Fleck ganz besonders und aus ihm entsprang ein kleines Pflänzchen. Mit diesem Licht strömte Wärme in das Land.

Erst sehr zaghaft, dann aber durchbrach es die feste Krume und reckte sich empor zum Licht hin. Es war wie ein Wunder, welche Kraft und welcher Willen in diesem kleinen Pflänzchen waren, als es sich sehnsüchtig der Wärme entgegenstreckte. Nicht ohne Grund war diese Seite des Hangs vom Fürsten als Kriegsschauplatz gewählt worden. Jedoch hatte niemand, nicht einmal der Fürst selbst, ahnen können, wie dieser Kampf enden würde und ob diese Wahl von Bedeutung sein sollte. Für Fürst Rana und seine Mitstreiter schien dies bedeutungslos geworden. Sie hatten diesen Kampf nicht überlebt. Die Zahl der gefallenen Krieger war unermesslich hoch. Es verging eine ganze Weile, bis der gesamte Himmel von heller werdenden lilafarbenen Schleierwolken überzogen wurde. Direkt über dem Schlachtfeld, wo die Färbung am intensivsten war, entstand eine riesige Öffnung. Ein Farbschleier im Himmelszelt wurde von unsichtbaren Kräften geöffnet. Aus dessen Mitte erstrahlte nun ein alles andere überlagernder, hell leuchtender Lichtstrahl, kraftvoll wie von göttlicher Herkunft.

Gleißendes Licht erhellte den Planeten. Eine unermessliche Schar von Engeln trat hervor und säumte den Weg vom Firmament zur Erde. Lorbeerblätter schwebten vom Himmel herab und ein lieblicher Gesang der Sirenen war leise zu vernehmen.

Der Schöpfer selbst trat nun hervor, beugte sich über das Schlachtfeld, verneigte sich vor den tapferen Lichtkämpfern um den Fürsten Rana.

Er beugte sich zur Esche hin, ergriff das magische Amulett für Licht und Leben, hauchte hindurch und sprach:
„Als Anerkennung überreiche ich euch noch einmal dieses Amulett. Denn es ist euer Herz, gefüllt mit Liebe und Barmherzigkeit. Jedem Einzelnen von euch schenke ich ein weiteres Leben in meinem Paradies.

Ich fülle euch allen, die ihr selbstlos für das Licht und die Liebe gekämpft und gestorben seid, noch einmal den Kessel voll mit Leben. So könnt ihr nach und nach aus ihm schöpfen und euch in die Ganzheit der göttlichen Obhut begeben. Euer Dasein wird im Geiste der himmlischen Sphären neu aufblühen und ein Verständnis vom Anfang und Ende des unendlichen Kontinuums erlangen. Bis zum Einlösen dieses Versprechens möget ihr verweilen in meinem Apfelgarten.

Ihr die gefallenen Lichtkämpfer, eure Helfer und auch die mythischen Gestalten längst vergangener Zeiten, ihr dürft den Zeitpunkt eurer Wiederkehr selbst erbitten.

Es mag aber auch sein, dass euch ein Hilferuf ereilt. Der Ruf nach jenen Tugenden, welche ihr gezeigt habt, nach Tapferkeit, Mut und Furchtlosigkeit, Willensstärke, Lauterkeit und dem unumstößlichen Glauben an das wahre, helle Licht der Liebe.

Folgt diesem Ruf, denn ihr und eure Fähigkeiten werden gebraucht. So wie auch euch in dieser Schlacht Hilfe zu Teil wurde."

Das kleine Blümchen, welches gerade das Licht der Welt erblickt hatte, drehte sich etwas verunsichert um, nahm dann allen Mut zusammen und sprach den Schöpfer an:

„Mein Schöpfer, wahrlich, ich verneige mich vor euch, aber wem nutzt dieser Kampf, dieses Massaker, der Tod aller Menschen, selbst wenn sie das Böse besiegt haben? Die Toten sehen die aufgehende Sonne nichts mehr."

Der Schöpfer lächelte versöhnlich:

„Du glaubst, es sei ein unnützer Tod gewesen, den die Menschen gestorben sind; nein mein kleiner Freund, ihr Tod war nicht vergebens.

Schon morgen werden einige kleine Stämme und verschiedene Splittergruppen, die ich auf ihrem Marsch zum Schlachtfeld durch einen Sandsturm aufgehalten habe, hier eintreffen. Für den Kampf kommen sie zu spät, aber sie werden das Grauenvolle dieses Kampfes und die Toten sehen, sie werden ihre Väter, Brüder und Kinder erkennen und verstehen, dass es nur eine friedvolle Art zu leben geben kann.

Es wird sich eine neuartige, bislang nicht gekannte Lebensweise entwickeln, und ein dauerhafter Weltfrieden wird der Lohn für das Streben dieser Menschen sein. Sie werden die große Liebe erkennen, die sie alle miteinander verbindet.
Jeder Einzelne von ihnen und auch die wenigen Überlebenden werden Friedensbringer, und sie werden alle ein Gelübde ablegen. Dann wird Freude, Frieden und Eintracht herrschen für die nächsten 10.000 Jahre.

Diese Menschen werden sich mit der Erde verbünden und sie als große Mutter aller Dinge erkennen, ehren und schätzen.

Nach diesem Massaker, werden sich die Menschen friedvoll verhalten, eine neue Gemeinschaft entsteht.

Ein tragfähiges Netzwerk für einen dauerhaften Frieden, das von gegenseitigem Respekt und Gleichberechtigung aller Geschöpfe auf der Erde getragen ist der Lohn.

So wird es sein.
Es war nichts vergebens. "

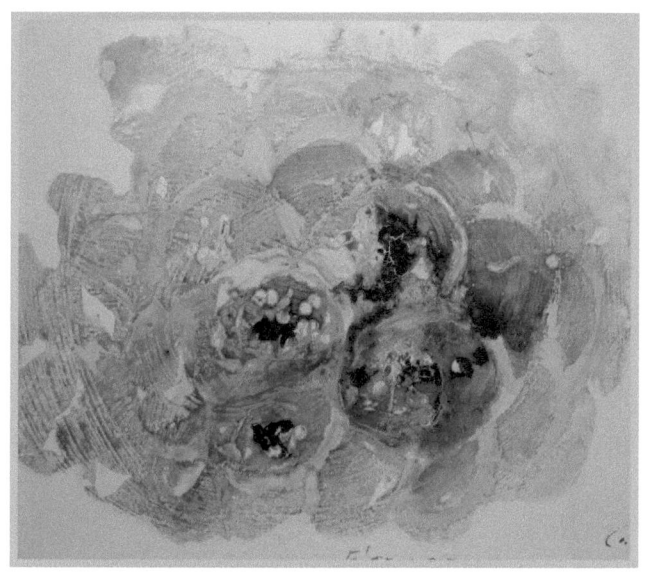

„Unter der Weltenesche Yggdrasil"
Bild: Paulo, Öl auf Holz
Originalgröße 60 x 60 cm

Während dem Malen der Bilder wurde mir diese Geschichte zum Weitererzählen geschenkt. Das Gemalte und der Text entstanden parallel und ergänzten sich immer wieder wechselwirkend.

Bislang veröffentlicht:
RAUMSCHIFF Teslar- SX 23 antwortet nicht
Sputnik 13. Verschollen im Weltall. 2017
Der Kindheitstraum eines kleinen Jungen, als Astronaut fremde Planeten zu erkunden, geht in Erfüllung. Bei seiner Reise durch das All soll der mittlerweile ausgebildete Astronaut mit seinem hypermodernen Raumgleiter im Orbit einige Reparaturen an der Raumstation durchführen, an einem Satelliten ein neuartiges Empfangssystem installieren und einige neuartigen Techniken testen.

Als der Rückflug zur Erde eingeleitet wird, schaltet sich auf Grund mehrere Fehlfunktionen der zu Testzwecken an Bord befindliche Teslaantrieb zu dem normalen Antriebsystem hinzu. Die Möglichkeiten, den Raumgleiter zu manövrieren, erweisen sich als sehr gering. Das Überleben im Al ist Dank der modernen Technik an Bord kein Problem. Das viel größere Problem ist, dass das Raumschiff nicht mehr zu steuern ist und sich immer weiter von der Erde entfernt.
Über viele Jahre hinweg geht der Kosmonaut in Zeit und Raum verloren. Ohne Hoffnung, seine Familie und die Erde je wieder zu sehen, beschließt er, seinem aussichtslosen Dasein ein Ende zu bereiten.

Alle lebenserhaltenden Aggregate werden abgestellt. Dem Tode nah macht er eine sensationelle Entdeckung. Sein Shuttle wird von einem Lichtstrahl erfasst und geführt. Spannend wird die Geschichte des kleinen Jungen bis hin zu diesem Schicksalhaften Weltraumflug erzählt. Ob er je wieder zur Erde zurückkann und was ihn dort erwartet ist fraglich.

Der letzte Atemzug,

Im Kampf um Liebe und Licht, um die Herrschaft über die Erde, stehen sich die Dämonen, die Verbündeten der Finsternis und des Verderbens den Lichtkriegern des Fürsten Rana gegenüber. An der Seite des Fürsten der Rote Reiter. Ob er mit seinen Legionen helfen kann, bleibt ungewiss. Zunächst scheint es um einen Kampf in althergebrachten Dimensionen zu gehen. Schon bald wird aber klar, es geht um das Ganze, es geht um den Kampf der Kämpfe. Hier wird nicht um Land und Reichtümer gekämpft. Vielmehr entbrennt ein mit äußerster Härte geführter Kampf um den gesamten Erdball, um alles, was war und jemals sein werden würde. Es geht um unsere bestehende Weltordnung mit für Millionen damit verbundenes Leid, ein Kampf gegen Unterdrückung und Ausbeutung, Egozentrik und Rücksichtslosigkeit: Fürst Rana führt seine Legionen mit 350.000 Kriegern des Lichts in einen scheinbar aussichtslosen Kampf. Der Tod scheint gewiss bei der kaum noch vorstellbaren gewaltigen Übermacht der eine Million Dämonenkrieger, ausgestattet mit Waffen von grausamster Zerstörungskraft. Schon bald wird dieser Kampf entschieden, ist er doch bereits seit langer Zeit auch um uns herum und überall im Gange. Bald muss sich die gesamte Menschheit entscheiden, auf welcher Seite sie stehen und kämpfen will. Der Ausgang dieser Schlacht wird von uns allen selbst mitentschieden.
Diese Geschichte ist nichts für schwache Gemüter, beschreibt sie in vielen Passagen doch auch unsrer Zeit. Nicht für Kinder geeignet.

Atlantis lebt!

Unbekannte Lebensformen im Erdinneren entdeckt. Anfang der 1990er-Jahre begann man südlich von München mit Tiefenbohrungen auf der Suche nach neuen Energiequellen.

In einer Tiefe von über 4000 Metern stößt das Forscherteam unter dem damaligen Leiter Dr. Werner auf ein riesiges Reservoir von 140° C heißem Thermalwasser.

Bei der Auswertung machen die Wissenschaftler eine unglaubliche Entdeckung:

Dr. Werner kann bislang völlig unbekannte Lebensformen in dem heißen Wasser nachweisen.

Auf einer Pressekonferenz zu dieser Sensation kommt es zum Eklat: Offenbar wollen Wirtschaftsverbände und Politiker die Resultate vertuschen. Schlägertrupps stören die Veranstaltung und versuchen an die beweiskräftigen Bilder zu kommen.

Einem jungen Journalisten aus Wien gelingt es, diese einzigen Beweise für die Existenz der Lebewesen zu stehlen, und gerät in einige Schwierigkeiten.

Ob die neue Lebensform der Thermal-Biotics eine Chance hat, ist fraglich.

Ein engagiertes Buch für den Erhalt unserer Erde und ein friedliches Miteinander ihrer Bewohner.

1. Das Geheimnis der alten Ming-Vasen und
2. Letzter Aufruf Afrika.
Auch für Kinder zum Vorlesen geeignet.

1. **Der Bauer Woh Kann Doo** hat eine Kuh namens Chie. Diese Kuh gibt jeden Tag einen Eimer beste Milch, von der er sich und seine Familie gut ernähren kann. Diese Kuh hat er von seinem Vater erhalten und der hat sie wiederum von seinem Vater. Sie ist seit vielen Generationen bei den Doo`s und sorgt für deren Auskommen. Da die Kuh seit jeher bestens versorgt und wie ein Familienmitglied behandelt wurde, war sie überglücklich und zufrieden. Noch nie hatte sie einen Gedanken an Leid, Krankheit oder gar den Tod verschwendet. Dadurch war sie unsterblich. Eines Tages packt den jungen Bauern die Gier. Ein Eimer Milch ist ihm nicht mehr genug. Er will raus aus dem kleinen Bauernhaus in dem die Doo`s seit Generationen leben. Ein neues, großes Steinhaus in der Stadt soll es sein. Mit der Kuh erhofft er sich das schnelle Geld. Er melkt seine Kuh immer häufiger, bis sie schließlich drei Eimer Mich am Tag gibt. Das eigene, gute frische Futter von seinen Feldern verkauft er und kauft billiges Schimmliges Heu. Er Chie in einen dunklen zugigen Stall. Keiner kümmerte sich mehr um sie. Nur noch alle 3 Tage wird ausgemistet. Zum Trinken gibt es abgestandenes Wasser. Die Kuh Chie ist darüber so unglücklich, dass sie das erste Mal in ihrem Leben an Krankheit und Tod denkt. Das sie im Sterben liegt bemerkt der gierige Bauer erst, als es fast schon zu spät ist.

2. Letzter Aufruf Afrika,

Eindrucksvoll wird von einer Nomadengruppe berichtet, die wie jedes Jahr im Herbst ins warme Winterquartier aufbrechen will. Wenige Tage vor Aufbruch, wird ein junges Mitglied einer Familie durch ein Ungeschick schwer verletzt. Er ist nicht in der Lage, diese schwere Reise an zu treten.

Als die Sippe aufbrechen will, kann sich diese Familie dem übrigen Glan nicht anschließen, da ihr Junge die Anstrengungen nicht überstehen würde.

Trotz des nahenden Winters beschließen die Sippenanführer noch eine Woche zu warten. Aber auch nach dieser Zeit würde er die Strapazen nicht überleben. Weiteres Abwarten würde das Überleben der ganzen Sippe gefährden. Als die übrigen Familien in den frühen Morgenstunden aufbrechen, bleibt die Mutter bei ihrem verletzet Jungen und hofft auf ein Wunder.
Die Lage ist aussichtslos. Ein überwintern in diesen Breiten würde alle das Leben kosten.
Alleine wäre der beschwerliche und gefährliche Weg, keinesfalls zu schaffen. Von Tag u Tag wird es kälter und die ersten Fröste überziehen das Land.
Eine Geschichte, über Zusammenhalt, Zuneigung, Mut und eisernem Willen

Mallorcas Kraftplätze. Mit der Wünschelrute zu den Kraft- Plätzen der Insel Mallorca.
Mallorca einmal anders. Die Zauberinsel im Mittelmeer nicht nur auf den üblichen Landschaftsrouten der Touristen, sondern mit den Augen und allen Sinnen eines leidenschaftlichen Wünschelrutengängers betrachtet. Denn der Autor ist selbst Einer von dieser seltenen Spezies, ein besonders begeisterter und erfahrener. In diesem Buch nimmt er uns mit auf seine abenteuerliche Spurensuche. Seine einzigartigen Erfahrungen, die intensive Kommunikation mit Tieren, Pflanzen und Steinen, spannender geschildert als jeder Krimi, faszinieren. Aber auch die üblichen Reiseinformationen über die schönsten Buchten, die erlangen Strände, die pittoresken kleinen Dörfer, die Highlights der größeren Städte und die Glanzlichter der Inselhauptstadt Palma werden nicht ausgespart. Neben der Beschreibung vieler Sehenswürdigkeiten, nimmt uns der Autor mit auf ausgewählte, von ihm persönlich durchgeführte Wanderungen. Anschaulich und nachvollziehbar vermittelt der Autor die Handhabung der Wünschelrute und den Gebrauch des Pendels. Mit Hilfe dieser uralten Techniken, die fast vergessen waren, ergeben sich ungeahnte Möglichkeiten. Sie eröffnen uns eine ganz neue Sichtweise, wir erleben dadurch wunderbare, manchmal unglaublich erscheinende Dinge und Begegnungen der besonderen Art.
Dieser Reisebericht ist ein einzigartiges Geschenk. Der Zugang zu einer Welt, die einem bis dahin vielleicht fremd und unbekannt war: wunderbar bereichernde Erlebnisse und Erfahrungen, die auch in unser Alltagsleben einfließen werden.

Rana, und die alte Linde, Hüter des Orakels und des goldenen Amulettes.
Leben auf dem Kultplatz!

3.000 Jahre, die wechselvolle Geschichte eines Dorfes aus der Sicht der Bäume.
Dies ist die wechselvolle Geschichtete eines kleinen Dorfes. Sie beginnt etwa 1.000 Jahre vor Chr. Die Chronik des einstigen Kultplatzes wird von den nahen Bäumen am Waldrand erzählt.
Hierbei spielt die alte knorrige Linde eine besondere Rolle. Sie steht da seit Beginn der Zeit und hat so manches erlebt, all dies gibt sie in dieser Erzählung weiter. Sie hat die Aufgabe den Kultplatz zu schützen und die Geister der Finsternis zu vertreiben.
Vor 3.000 Jahren wird der junge Rana erstmals von seinem Vater Gunnar, der zur Sippe der Krähen gehört, mit zur alten Linde Heros genommen. Dort erfährt er von seinen besonderen Fähigkeiten mit Bäumen und Pflanzen kommunizieren zu können. Zwischen Rana und den Bäumen entsteht eine besondere Beziehung. Rana und sein Nachkomme sollen den Platz und seine Geheimnisse für immer schützen.
In unserer Zeit wird Jakob, ein Familienvater, ohne sein Wissen von den Bäumen als Beschützer des Ortes auserwählt. Dabei soll ihm die Kraft des goldenen Amuletts helfen. Er soll den Kampf gegen die Mächte der Finsternis im Sinne Ranas weiterführen und endgültig für die Mächte des Lichts entscheiden.
Ein verbitterter Kampf um den einstig heiligen Platz.
Die Familie um Jakob gerät hierbei in Lebensgefahr.
Wird es gelingen diesen Ort zu befrieden?

Die letzten ihres Stammes

Im Bereich der Sagen umwobenen Mascaschlucht und den unzugänglichen Bergen und Schluchten Teneriffas verstecken sich seit hunderten von Jahren die Nachkommen der Guanchen.

Paul hat seit einer halben Ewigkeit nichts mehr von seinem Jugendfreund Robert gehört, als ihn plötzlich die Nachricht erreicht: Robert ist tot und er hat ihm sein Eigentum, eine verfallene Stein Hütte auf Teneriffa hinterlassen, wo er viele Jahre seines Lebens verbrachte. Paul entscheidet sich das Erbe anzunehmen und fliegt nach Teneriffa. Dort begegnen ihm die merkwürdigsten Ereignisse und er stößt in einem alten Tagebuch auf ein Geheimnis, das er nie für möglich gehalten hätte. Nicht nur er interessiert sich dafür, auch die spanische Regierung wird auf ihn und das Geheimnis aufmerksam.

Gibt es die in diesem Tagebuch von Robert beschrieben Ureinwohner tatsächlich. Wieso und warum verstecken sie sich dort und unternehmen alles ihre Existenz geheim zu halten?

Verse & Gedanken
Eine Sammlung von Gedichten, Versen und vielen
Kurzgeschichten.

Kunstaktionen.
Eine Zusammenfassung ironischer, selbstkritischer
und provokativer Aktionen der letzten 25 Jahre.

Bilder und Skizzen.
Ein Resümee vieler Arbeiten aus zwei Jahrzehnten.
Öl, Acryl, Kohlezeichnungen und Radierungen.

Skulpturen.
Dreidimensionale Kunst aus Stein, Holz und Metall

land-art.
Vergängliche Kunst in und mit der Natur.
Die Königsdisziplin

Vita
Paulo Aktionskünstler und Autor.
1957 in der Nähe der Deutsch-Französischen Grenze
geboren.
Mit 12 Jahren kreierte er seine ersten Holzskulpturen
und nahm an Ausstellungen teil. Texte und Gedichte
folgten ab dem 17 Lebensjahr.
Kunst in Form von Bildern und Skulpturen
begleitete in fortan.
Über die Jahre zahlreiche Einzel- und
Gruppenausstellungen. Neben seiner
handwerklichen Ausbildung mit vier Meistertiteln
und zahlreichen Schulungen im In- und Ausland,
zog es ihn 1984 nach Bayern. Auf dem Gebiet alter
fast verloren gegangener Handwerkstechnicken war
er ebenso, wie im Bereich der Kulissen-gestaltung-
und Kulissen-malerei aktiv. In Oberbayern lebte er
20 Jahre auf seinem Hof, auf dem er neben seinem
beruflichen/ künstlerischem Engagement mit seiner
Familie, Ponys, Pferden, Ziegen, Schafen und
Kaninchen ein Therapie-zentrum für Kinder betrieb.
Heute lebt und arbeitet der Künstler in Bad Tölz.
Hier widmet er sich voll und ganz seiner Passion der
Kunst und des Schreibens. Gerade die Nähe der
Berge, die Natur und der sich ständig wandelnde
Fluss der Isar inspirieren ihn.
Er absolvierte er eine Schamanische und
Geomantische Ausbildung. Wikipedia: **Geomantie**
oder *Geomantik* (altgriechisch] „Erde"
„Weissagung", also in etwa *Weissagung aus der
Erde*) ist auch eine Form des Hellsehens, bei der
Markierungen und Muster in der Erde oder Sand,
Steine und Boden zum Einsatz kommen. Heute ist
die Geomantie im ursprünglichen Sinn in Europa

fast verschwunden. Der Begriff wird heute für andere Methoden verwandt, zum Beispiel in Zusammenhang mit den sogenannten Ley-Linien, die eher dem chinesischen Feng Shui ähneln.

Die Lehre eines Shaolin-Mönchs und die Atempausen in Klöstern führten ihn weiter auf seinem Lebensweg.

Dabei erlernte er fast vergessene Methoden und Vorgehensweisen, unter anderem ganz bestimmte Traum Meditationen.

Durch die Fähigkeit sich in Tagträumen voll und ganz in die jeweiligen Schauplätze und die Protagonisten seiner Erzählungen zu vertiefen, gelingt es ihm, vielerlei verborgene Dinge zu spüren und zu sehen.

Seine Empfindungen, Erlebnisse, die Begegnungen und die Abenteuer, die er bei seinen Reisen erlebt, gibt er in seinen Büchern und Erzählungen weiter, die er neben seinen künstlerischen Arbeiten seit vielen Jahren verfasst.

Abenteuergeschichten, Romane, Science- Fiction und Märchen um Trolle, Zwerge, Feen, Elfen und zauberhafte Fabelwesen nehmen seine Leser mit in eine wunderbare Welt der Fantasie.

In vielen seiner Texte, Umwelt- und Friedensaktionen greift er ökologische, gesellschaftliche und soziale Themen auf. Er mischt sich seit über 30 Jahren aktiv ein und bezieht klar Stellung.

Seine Geschichten tragen oftmals eine geheimnisvolle, subtile und doch einfache Botschaft zum Schutz der Erde und der Welt, in der wir leben, in sich anregend, selbstkritisch, ironisch, spannend, anschaulich, zauberhaft.

„Im Mittelpunkt meiner Arbeiten steht die Erde, die ich als eigenständiges Lebewesen betrachte, sie ist für mich die Materialisierung der göttlichen Existenz."

Die Erde ist vollkommen sie kann nicht verbessert werden. Wer sie besitzen will wird sie verlieren. Wer sie ausbeute wird sie zerstören.

www.erdpate.de